LA FUENTE
UN ENCUENTRO ENTRE DOS ALMAS

EXPERIENCIAS DEL SER EN BÚSQUEDA DE SU ESENCIA
CLAUDIA ALEJANDRA AGUILAR

LA FUENTE

Un encuentro entre dos almas

ii

LA FUENTE
Un encuentro entre dos almas

INDICE

Agradecimientos..vii

Benvenida y apertura del espacio viii

I. Oro en la sangre y mercurio en las venas............................ 10

II. Mi juego favorito 13

III. La magia del despertar.. 18

IV. Ser y no ser.. 26

V. Maravilloso magnetismo... 31

VI. En lo imperfecto se encuentra el secreto 41

VII. Un tiro en la noche... 54

VIII. El poder de nuestra esencia.. 62

IX. El eterno presente.. 76

X. Un poema del amor a la Eternidad..................................... 79

Sobre la Autora... 81

Agradecimientos

A mis guías, a los actores que me han acompañado en el camino.

A la vida que ha sido tan maravillosa... sigue asombrándome cada día.

Siento que las almas de la época presente tenemos misiones muy importantes para el despertar de la consciencia colectiva.

Espero seguir encontrándome con ellas, aprendiendo del regalo de la experiencia que se nos ha dado en este plano, con compasión y amor hacia nuestros hermanos.

Agradezco toda experiencia que me permita seguir tras ese estado de consciencia.

A mi companion soul

Benvenida y apertura del espacio

En el nombre de quien soy, lo que soy, vibro en la luz, en armonía de todo lo que es y será. Abro el espacio para compartir y trascender nuestras sombras y lágrimas del alma, liberando el universo que fluye dentro de nosotros, viviendo el inteligible plan divino, libre de ataduras, rencores, juicios y culpabilidad... Solo así nos elevamos a la frecuencia del amor incondicional.

I. Oro en la sangre y mercurio en las venas

Existe un paraíso llegado del cielo a la tierra, atravesado por el paralelo de origen o Ecuador. Por allí pasa una línea imaginaria que atraviesa el centro del mundo, es posible que muchos no lo conozcan pero energéticamente influencia todo. La particularidad de este lugar nos ha anunciado que no estamos escindidos entre el norte o el sur, llegamos a este mundo en equilibrio con nuestra madre tierra.

Nací en un pequeño pueblo al sur de ese país, Portovelo, provincia de El Oro, es un cantón minero rodeado de montañas ubicadas a unos 600 metros del nivel del mar, que en el pasado contó con abundantes yacimientos de oro y algunos han perdurado a lo largo del tiempo convirtiendo el lugar en una fuente de energía única. Su exuberante naturaleza, el clima y su olor me habitan, allí germinó lo que soy.

Portovelo no es un nombre propio, le anteceden otros pueblos con la misma denominación y en el mapa geográfico aparece como un lugar insignificante aunque de sus piedras, lajas y vetas se asomen los tesoros que han despertado tantos intereses ajenos. En algún momento remoto le coqueteó el progreso a aquel solariego lugar. Desde muy temprano contó con una minúscula pista de aterrizaje, un hospital y dos escuelas. Sin embargo, la desolación y la ignorancia han dejado heridas en la savia de la tierra, en el agua y en la sangre humana. Estos fluidos contaminados causan estragos, los suelos y los cuerpos lloran.

Los niños desde muy temprano aprendieron a lavar el oro, los procedimientos ancestrales solo usaban el agua y la arena, nada de reactivos, azogue, cianuro para frotar. Hasta que llegó la tecnología, las trasnacionales,

Un encuentro entre dos almas

el uso prolongado de mercurio para la extracción de oro y otros minerales ha dejado terribles secuelas en el ambiente y la salud de las comunidades. Portovelo tiene un río grande, ancho, con una buena corriente. A medida que se vierten miles de litros de sustancias tóxicas que amenazan al ecosistema y a las poblaciones más pobres, deja de ser el parque de diversión de los niños que no solo ven estrellas en el cielo nocturno, cualquier piedrita tiene minúsculos puntitos de luz.

Recuerdo mi escuela y aquella clase particular de una de mis asignaturas favoritas: Ciencias Naturales. Nuestra profesora nos explicó el impacto que tenía la explotación y la refinación del oro para nuestra salud, especialmente si el proceso se realizaba en las casas propias de los mineros como era la costumbre en esa época. Al terminar la clase, me quedé consternada y pensativa, pues mi papá realizaba este proceso, teníamos contacto permanente con el mercurio, cianuro y concentrados sulfurosos. Siempre estaba presente el olor que este proceso emanaba, nosotros ya estábamos acostumbrados, hice consciencia de esto y al llegar a la hora de salida de clases paré por uno de mis lugares favoritos, donde las flores me brindaban su aroma, los colibríes acompañaban mi paso mientras se deleitaban de jugosos néctares.

La tristeza pobló mi corazón, había entendido la realidad y los peligros que corríamos. El conocimiento nos libra de la zona de confort que nos otorga la inopia, nos ilumina y nos crece en sensatez. Así tomé la decisión de hacerle frente a mi papá y decirle que no estaba de acuerdo que siguiera haciendo ese proceso de decantar el oro en casa, pues nos estaba exterminando lentamente, tomé valor y en el camino iba pensando cómo se lo iba a decir. De solo imaginar su reacción lloré inconsolablemente, pero también se me alimentó más el coraje para enfrentar la causa.

Llegué a casa a la hora de almuerzo, donde nos juntábamos todos para comer y ni siquiera me senté. Con determinación empecé a explicarle que lo que estaban haciendo estaba mal y que no debía seguir haciéndolo. Me respondió con autoritarismo:

—Ese no es tu problema.

Mi reacción, era de esperarse, me puse fúrica y exaltada, comencé a gritar con mucho llanto diciéndole:

—Eres un irresponsable que no le importa la salud de su familia, así que yo no puedo seguir viviendo en esta casa.

Insólito, mi mamá se puso de su lado, triste papel de la mujer en su historia social, afortunadamente hoy se ha visto emancipada. El acalorado reclamo tuvo como retorno una soberana paliza y la correspondiente protesta hecha en mi escuela; amordazaron a mi profesora, nunca más volvió a hablar como antes. Al menos logré con mi reproche que mi papá llevara su pequeño laboratorio a las afueras de la casa. Así, ese cantón minero, generador de daños irreparables en nuestra salud hizo que los nacidos allá, tengamos oro en la sangre y mercurio en las venas.

II. Mi juego favorito

Me fascinaba la hora de dormir cuando tenía cuatro años porque era el momento en que los sueños tomaban lugar. Si hubiese tenido un atrapador de sueño podría haberlos guardado para compartirlos e insuflarlos en sus vidas para que puedan comprender mis experiencias. En aquel momento la simple explicación que me dio mi madre no me causó mayor angustia: "hija todas las personas sueñan". La inocencia me hizo pensar que a todos les pasaba lo mismo.

Al dormir, rápidamente salía de mi cuerpo, me elevaba suavemente hasta llegar cerca del techo, volteaba a mirarme en la cama, ya no estaba allí. Así lo sentía, lo experimentaba, lo vivía. En ocasiones, veía a mamá y a papá flotando sobre sus cuerpos, pero ellos seguían dormidos y sumergidos en sus sueños. Jamás se me cruzó por la mente despertarlos en aquellas madrugadas, temía que me pudieran castigar. Con mucha emoción cerraba los ojos y sentía cuando traspasaba el techo de nuestra casa, era de hojalatas, lo llamábamos zinc, palabra coloquial de mi pueblo. Se me confundía todo aquello, la fantasía, la no existencia con la realidad y lo tangible.

Al salir, recorría todo mi pueblo, empezaba por el vecindario, la Ave del ejército se llamaba, era tan emocionante. Había árboles de eucalipto gigantes a lo largo de todo el lugar, se sentía el delicioso aroma que alegraba a todos los que vivíamos cerca. Eran simplemente majestuosos, separaban al mismo tiempo la calle y la cancha de futbol a donde iba a jugar todos los días con la pandilla de amigos y vecinos. Lo increíble era que al salir de aquella dimensión, podía ver la energía que irradiaban los árboles, emitían una luz muy intensa color ámbar, eran sus almas, cuando me acercaba, ellos

Un encuentro entre dos almas

me saludaban y la luz se expandía en flujos llenos de alegría, parecía que bailaban, realmente eran muy bellos.

Luego continuaba mi viaje en la dimensión de los sueños, me iba para las montañas, donde veía muchos círculos de luz, amarillos, azules, multicolores, que se movían sin un rumbo, jugaban entre la inmensa selva que yacía en la montaña. Por alguna razón, jamás se me acercaron, los veía desde lo alto. No sentía ningún tipo de miedo, me sentía totalmente a salvo. Había otras luces que estaban en cambio sobre mí, volaban con dirección, saltaban en el cielo y desaparecían, a veces veía que descendían de las montañas, esas me llamaban la atención, las vi muy poco. A veces, sentía que una especie de viento me arrastraba a otros lugares, era extraño porque no lo escuchaba, era muy fuerte, entonces planeaba y me escapaba a otro lado donde no hubiese esa corriente. Vivencié muchos viajes, era mi juego favorito, durante el transcurrir de los años fue un aventura, un escape, un refugio.

En mi escuela inicial fui la más pequeña en estatura de mi clase, me pusieron en primer año antes de la edad permitida para iniciar la escuela de niñas. Las compañeras me hacían sentir incómoda y muy mal por mi edad y estatura, en especial mi prima mayor, pero siempre encontraba la forma de desquitarme con mis notas, las convertí en un score que me permitía anotar puntos y ganar. Al salir a mis viajes, estiraba mi cuerpo y este se hacía gigante, me resultaba muy divertido y como toda niña quería quedarme de ese tamaño para que no me molestaran más en la escuela.

Recuerdo, un día al salir, vi un ser pequeño, era como de la estatura de un niño pero con cara de viejo, estaba sentado en un árbol, se me quedó viendo. No sabía quién era, solo nos observamos y seguí mi paseo. Una voz interior siempre me advertía que no debía ir al cementerio, por lo que ni me acercaba, ¡susto!, hasta que en algún momento la corriente del viento me llevó próximo a ese lugar particular, vi personas que flotaban y andaban alrededor. Casi todas estaban flotando sobre sus cuerpos pero seguían dormidas en sus fosas.

La verdad, solo entraba a la casa de mis tíos y de mis primos no me metía en casas ajenas, así que me sentía intrusa en aquel lugar hasta que me fijé que alguien o algo me vio y mientras flotaba me agarró una pierna. Sentí un gran terror, advertía que volvía al cuerpo abruptamente, abrí los ojos y una voz me decía: respira, respira, ya pasó, de este lado no te pueden hacer nada. Sentía que había pasado algo que no debió pasar, tenía mucho miedo. Le conté la experiencia a mi mamá, me dijo:

—Tranquila es solo un sueño.

Lo creí por un momento, en la noche a la hora de ir a dormir sentía frío en mi cuerpo, el sobresalto seguía, no sabía si debía ir a la cama, pero el sueño me venció y al salir de mi cuerpo esa cosa estaba en la esquina de mi cama, parecía una calavera y se lanzó a ahorcarme, fue extremadamente fuerte porque sentía que me asfixiaba y solo veía oscuridad en sus ojos. Literalmente eran negros, sin emoción o remordimiento, sin ninguna expresión. De igual forma que en la noche anterior me desperté abruptamente y ya no pude dormir más. Me puse a orar a Dios con fuerza, le pedí con determinación que no dejara que esa cosa me lastimara.

Al día siguiente, le conté a mi mamá. Resolvieron que tenía mal de ojo y me llevaron al curandero del pueblo, ese lugar se convirtió en mi nueva casa, casi siempre me llevaban, me encantaba el olor de hierbas que nos soplaban. Reconozco que a esa edad sufrí un trauma muy fuerte y ya no quería salir del cuerpo al dormir, no quería ni soñar. Luego empecé a salir del cuerpo durante el día, cuando tomaba siestas. También lo hacía para practicar o explorar cómo era de día, a veces me metía a escuchar lo que conversaban los grandes; era como vivir en una ciudad transparente, yo

Un encuentro entre dos almas

podía husmear donde quisiera porque nadie me veía, podía repetir con algo de precisión lo que hablaban, notaba que los espejos alteraban las formas y colores en los lugares, todo se invertía.

A veces regresaba a mi cama y no veía mi cuerpo, no sabía dónde estaba, no distinguía una realidad de la otra irreal, me regresaba y al abrir los ojos ya estaba de este lado, de vuelta a la vida. Después de los siete años las cosas marcharon diferente, comencé a sentir que habían energías a mi alrededor que me atraían, algunas me erizaban la piel, sentía espanto por lo desconocido y una intensa sensación de densidad, percibía que estaban alrededor y en ocasiones las veía.

Cuando mi abuelito paterno murió, mis sentidos cambiaron, lo podía sentir en la casa, el vivía con nosotros. Elías era muy callado, de mucho leer. Creo que este misticismo que me habita devino de él, lo heredé irremediablemente. Lo vi una vez, era como si flotaba, solo me hizo una seña para que mantuviera el secreto, de inmediato se desvaneció ante mis ojos, simplemente ya no estaba.

Él me convenció que la muerte no existía. De tal manera que no podía entender el porqué del sufrimiento, si todos los seres queridos que pasaban a otro plano seguían allí. Pero tenía miedo de hablar, entonces se me ocurrió demostrárselo a mi mamá, un día, en el río, intenté ahogarme, me sumergí en lo hondo, no sabía nadar, mi tío se dio cuenta y me sacó del agua. Mi madre, muy consternada me preguntó por qué había hecho eso. Le contesté con la verdad, quería demostrarle que no iba a morir, que mi espíritu iba a seguir ahí. Ella me respondió:

—Tal vez tengas razón, pero este cuerpo ya no volvería, no te podría tocar y eso me hará sufrir mucho.

Así se acabó esa ilusión que tenía, todo estaba claro. Del juego me encontré con el miedo y del miedo con una condición propia de mi ser que hubiese querido seguir cultivando desde esta edad tan temprana para ahora poder llegar a él en el mundo de los muertos como que si estuviéramos aquí juntos en el cuerpo físico y espiritual.

III. La magia del despertar

En ocasiones sentía que no tenía con quien compartir lo que me pasaba, sospechaba que me verían como un ser extraño, irregular o salida del misterio, por lo que preferí mejor mantenerme alejada y guardar silencio. Ese sentimiento de rechazo de las personas que quieres no es algo que aspires fomentar.

Hasta que conocí a mi mejor amiga Lissette, con quien logré iniciar un viaje espiritual, estudiamos todo lo que se puedan imaginar, experimentamos y vivimos en extremo experiencias bellas y perfectas en sintonía con el universo, con lo que fue, es y será. Nuestra historia sucedió como todas, en una cadena de acontecimientos, uno llevaba al otro, así como por casualidad. Sería mejor decir causalidad o sincronicidad.

Mis padres peleaban mucho, mi papá tenía problemas con la bebida y eso lo llevaba a episodios de abuso contra nosotros, especialmente contra mi mamá. Yo siempre le preguntaba a ella acerca del porqué no se separaba, trataba de hacerle ver que aquello no era vida. Mi abuelito quería mucho a mi mamá y siempre le recomendaba que comenzara una nueva vida lejos de mi papá, pero creo eso la asustaba, el paso de ser madre de familia a tener que ir a una gran ciudad, emocionalmente no lo podía concebir.

Hasta que un día en medio de una gran pelea, de gritos, de la ignominia ella tomó la decisión, nos fuimos a casa de una de nuestras tías, hermana de mi papá que vivía en el mismo pueblo. Ella nos resguardó de mi papá, de esa necesidad de buscarnos para seguir desquitándose la impotencia y afectando nuestra integridad en todos los aspectos. La violencia de género e intrafamiliar es como una ostra sellada, una celda, una jaula, cuando te

Un encuentro entre dos almas

liberas sigues un tiempo preso de la incertidumbre y de lo que significa andar por un pantano movedizo.

Mi mamá compró los pasajes y nos fuimos a Guayaquil, a una casa que mi abuelito había comprado para que todos mis tíos vivieran y estudiaran sus respectivas carreras en la universidad.

Al llegar a la ciudad me sentí libre, sabía que mi papá ya no nos iba a alcanzar y que mi mamá estaba a salvo. En realidad todos estábamos resguardados. Fue duro, pero sabía que era lo mejor para todos y para mí era el comienzo de una gran aventura.

Lo primero que se hizo fue buscar una escuela para mi hermano y para mí. Fuimos a un colegio evangélico cristiano que quedaba cerca de nuestra casa, a quince minutos en bus y teníamos un expreso, una camioneta pick up adaptada, con techo, que nos recogía y nos traía de vuelta a casa. Siempre, al salir de la escuela, corríamos a los comerciantes de sncks que estaban a la salida esperando por todos los alumnos del liceo, me encantaba el mango maduro con sal, era delirante ese sabor ácido y salado a la vez que saboreaba lentamente mientras viajábamos de regreso a casa.

Mi pasión es el baloncesto, me encantaba jugarlo desde muy pequeña; aunque mi estatura no era la más idónea, tenía resortes en las rodillas, y la verdad jugaba muy bien. Eso llamó la atención del entrenador del liceo, que resultó ser uno de los mejores entrenadores del país, él tenía que alistarme en el equipo obligatoriamente. Rápidamente al entrenador le gustó mi forma de jugar y me ayudó a pulir la técnica y mi control emocional, así llegué a ser la mejor armadora del equipo y de la ciudad. Practicamos dos años seguidos, mejorando cada momento, y haciendo nuevos amigos, al terminar tercer año debía escoger la especialización y tomar la decisión si seguía o no en el mismo liceo. Mi mamá quería que asistiera a un colegio privado que era uno de los más costosos y reconocidos de Guayaquil, lo

Un encuentro entre dos almas

cual me resultaba genial pero no tanto cuando pensaba que si bien tenía un buen equipo y el mismo entrenador, no era el mejor de todos. Al comentarle la decisión de mi mamá a mi entrenador, se apersonó y habló con ella, convenciéndola que me gestionaría media beca en otro colegio que sí tenía el equipo más sobresaliente de baloncesto de la ciudad. Se llamaba La Inmaculada, un colegio católico de monjas. Mi mamá accedió a la oferta y finalmente fui a este instituto educativo que contaba con el equipo de más alto rendimiento, era tan feliz. Me dediqué a entrenar todos los días. Nos convertimos en las campeonas de los intercolegiales de nuestra categoría, y vice campeonas de las mayores en los siguientes tres años.

Al llegar al colegio mis compañeras de clases tenían grupos ya creados desde los primeros años, entre ellas se celaban para que nadie nuevo entrara en sus grupos, me parecía algo extraño ese comportamiento tan enfermo. Yo era muy sociable, eso hacía que algunas de mis compañeras vieran en mí a alguien rebelde y malcriada, la preocupación de las madres, era que venía de un colegio evangélico y que podía traer ideas revolucionarias que cambiaran el comportamiento de mis compañeras. Sus temores eran infundados, yo no creía en las religiones, aun cuando mi familia me había impuesto el catolicismo. No respetaba sus reglas, pues no observaba que las personas practicantes actuaran con coherencia entre lo que pensaban, decían y actuaban. Aunque la teología me resultaba interesante, no quería seguir los preceptos de ninguna religión, creía que tenían muchas estructuras sin sentido. En definitiva este asunto de no pertenecer me hacía sentir muy sola en mi curso, no tenía amigas.

Paulina, una de mis compañeras era muy gentil, siempre sonriente, de tez canela y cabello rizado, fue muy amable, comenzamos a estudiar juntas después de clases, necesitaba mucha ayuda, pues en realidad no prestaba atención a los profesores. Me encantaba ir a su casa, la mamá hacía unas tostadas de pan de molde con jamón y queso, prensadas en una plancha de emparedados, el queso se desbordaba por las orillas y debías comértelo rápido aunque caliente pues el queso derretido se caía, la coca cola coronaba la merienda, nada saludable para nuestra edad.

Todo iba muy bien, pero la mejor amiga de Paulina rápidamente sintió muchos celos y me dijo que no quería que hablara tanto con Paulina, porque le quitaba espacio a ella, sorprendida le respondí que ella era una persona grande capaz de decidir con quién quería compartir su tiempo. Ella se puso muy molesta e insistió en reiteradas ocasiones que tomara distancia de mi amiga Paulina. Me entristecí, la situación se tornaba incómoda decidí alejarme y finalmente me quedé sin amigas de mi edad.

Un día estaba en el bus del colegio, de regreso a casa, y me quedé conversando con las estudiantes de primer año. Una de ellas vivía a dos cuadras de mi casa, rápidamente hicimos amistad, fue genial, pues en todos los recreos me la pasé jugando y disfrutando. A mis compañeras les parecía muy infantil, a mí ellas me parecían muy enfermas de celos. Un día en recreo observé a una de las chicas de mi curso que entró a un cuarto que estaba cerrado, lo hizo por la ventana, me pareció extraño, me quedé observando y vi que otras chicas también entraron. Al día siguiente, el mismo comportamiento, y salían al sonar la alarma una por una sin llamar la atención.

Una de ellas era Lissette a quien me acerqué y le pregunté qué hacían, me dijo: —Solo conversamos. Sentí que quería ir con ellas, y le pregunté si podía participar, me dijo:

—No sé, déjame preguntar a las otras chicas.

Algunas no estuvieron de acuerdo: Cristina y Jolie, pero Lissette siguió insistiendo, fue el inicio de encontrar a mis más grandes amigas. Al principio solo conversábamos y sus diálogos me parecían de lo más

Un encuentro entre dos almas

interesantes. Lissette me platicaba sobre los sueños, decía cosas que a mí me sucedían, comencé a reconocerme y le pregunté de dónde ella tenía toda esa información y me dijo:

—Eso no te lo puedo decir, es peligroso, si una monja se entera me expulsan.

En una oportunidad, ante mi insistencia, me respondió de manera categórica

— ¡Por favor no insistas!

Su determinación detonó en mí mayor curiosidad, no existía forma de aceptar quedarme con la duda, cómo no saber ¿Dónde? ¿Por qué? ¿Cómo?

Ya estábamos finalizando el último trimestre de cuarto curso, y me quedé en los supletorios, no pase Física, aplazar era razón suficiente para que no me renovaran la matrícula, entonces le dije a Lissette:

—Me tienes que ir diciendo, porque no voy a volver.

En adelante empecé a ir a su casa luego de las clases, la visitaba a diario, hasta que sus papás la interrogaron. Cuando ella me preguntó por qué iba a su casa con tanta frecuencia, muy sutilmente le dije que siempre lo haría hasta que me contara de dónde ella tenía la información.

Un día llegué, recuerdo era jueves, y ella a finales de la tarde se cambió de ropa y asumió una actitud muy sospechosa, me dijo:

—Nos tenemos que ir.

Entonces la seguí en un taxi, fue muy cerca de su casa, a un lugar que quedaba por la ciudadela de la FAE (Fuerzas Aéreas del Ecuador), se llama así pues allí se encuentra la base de las Fuerzas Aereas, vi que entró a un gran galpón. Al día siguiente, la confronté y le pregunté sobre qué lugar era ese, me confesó que era un grupo de gnosis, le dije:

—¿Puedes llevarme? — Mis ojos estaban alegres y llenos de ilusión.

Un encuentro entre dos almas

Ella me respondió:

—Debo preguntar, pues somos menores de edad y para asistir hay que tener el consentimiento de nuestros padres.

—No hay problema con eso, le dije.

Finalmente, me dijo que podía ir a la siguiente charla y llegó el tan ansiado día. Fui a su casa, salimos junto a su papá, nos subimos en su pick up, una Chevrolet antigua, color café con crema. Al llegar a aquel galpón, noté que había letreros de un taller, y también una especie de estrella de cinco puntas con una serie de figuras junto a ella, como espada, copa, letras en otro idioma; la estrella tenía ojos, como los nuestros. El lugar era claramente un taller de refrigeración como lo anunciaba el cartel, tenía máquinas por un lado y un espacio con sillas, pizarra pequeña, y una mesa con unos objetos sobre ella. Mientras observaba el entorno, noté que todas las personas que allí se encontraban eran adultos mayores, aproximadamente entre 25 y 50 años, nosotras éramos la únicas de 15 años ahí, me sentía extraña, hasta que conocí a Don René; en sus ojos vi a un amigo, llenos de ternura y emoción, me dijo:

— ¡Bienvenida! nos volvemos a encontrar

Le pregunté a qué se refería, y con mucha gracia, me indicó: —Ya nos conocíamos de vidas pasadas.

Esas vacaciones de año fueron muy enriquecedoras, dentro de los estudios de la gnosis aprendimos sobre muchas otras escuelas místicas, desde la objetividad, así como a tomar lo mejor de cada práctica y sus herramientas. Estudiábamos diferentes libros, algunos de gnosis, otros de alquimia, metafísica, geometría, alimentación, etc., pero el verano de vacaciones ya estaba por terminar, y debíamos regresar a clases para proseguir con el quinto curso del nivel superior.

Reconozco que sentía que el colegio no era para estudiar sino para

Un encuentro entre dos almas

divertirme, esto me llevó a reprobar cuarto, quinto y sexto, quedaba para supletorios y siempre me pasaban de año, gracias a mi profesor de matemáticas Don Nelson González, quien mostraba su fe en mí y me repetía con su voz de locutor, su garbo al pararse y esa mirada firme, dirigida directamente a los ojos, con determinación:

—Tienes un gran potencial, solo que no quieres estudiar, no entiendo por qué.

Recuerdo también mi acostumbrada respuesta:

—Quiero disfrutar mi adolescencia, estudiaré en la universidad. Al regresar a clases, el grupo de las chicas amigas de Lissette, mejor conocido como las raras, aún no me aceptaban, pero al enterarse que estaba en la gnosis, cambiaron su visión hacia mí, y me permitieron ir a sus reuniones ocultas y misteriosas del recreo. Al entrar al escondite, inicialmente lo hacíamos para comer, y a mí me gustaba comer mucho. Luego comenzábamos a charlar sobre diferentes tópicos o prácticas. Recuerdo que hacíamos regresiones para ver en qué vidas nos habíamos encontrado, qué pactos hicimos para eliminarlos, muy mágicas fuimos todas. En ocasiones teníamos meditación para conectarnos con diferentes elementos del universo, todo lo que aprendíamos en la gnosis o por nuestra cuenta lo compartíamos. Tuvimos muchísimas historias, Lissette era la más disciplinada y desarrollada en su clarividencia, recuerdo un día, tuvo una visión de nuestra amiga Rosy, anunció que podría sufrir de leucemia, casualmente ella estaba sintiéndose mal y tenía síntomas de cansancio. Se hizo los exámenes de sangre y efectivamente estaba en un estado muy bajo de sus glóbulos rojos y los blancos muy elevados. Lissette preguntó a los guías, los seres con quienes nos conectábamos, los llamábamos maestros ascendidos, qué podíamos hacer para ayudarla. Lissette recibió el mensaje que debíamos darle transfusión de energía, entonces todos los días cada una tomaba el delgado brazo de Rosy, su muñeca y suavemente poníamos nuestros dedos sobre su vena en el antebrazo y concentradas en nuestra intención hacíamos fluir con nuestra mano derecha la energía y con nuestra mano izquierda elevada hacia el cielo conectábamos con la energía de los guías, así garantizar que era solo el medio que canalizaba la energía y era de alta frecuencia, aun así terminábamos muy cansadas y agotadas, lo hicimos durante un par de meses.

Tiempo después los exámenes de Rosy mostraron gran mejoría y eso nos alentó mucho. Durante la hora de la misa, sin que las monjas o el padre se dieran cuenta, nos persignábamos con la cruz completa, arriba, abajo, izquierda a derecha y cerrando con un círculo al final, creíamos que éramos sutiles al hacerlo, pero algunas compañeras se daban cuenta, y nos veían aterradas, me parecía divertido, por mi personalidad rebelde, ver sus caras.

He conocido seres maravillosos a lo largo de mi vida, pero siempre me guardaba mis sentimientos más puros y tiernos de corazón, no los compartía a plenitud, para no sufrir de lo que llamamos malas experiencias. ¿Por qué hacemos esto? ¿De qué nos estamos defendiendo? ¿Hay que defenderse? En medio de mi vulnerabilidad escogí no sentir, negarme las emociones, pues la decepción y la injusticia que observaba me dolían mucho, no estaba ni estoy de acuerdo con esa máxima: sufrir para crecer y ser mejor. Luego entendería que fueron experiencias que mi alma escogió vivir, estaba preparándose para el amor incondicional.

IV. Ser y no ser

Fui cómoda, preferí estar de acuerdo con lo que mi familia deseaba, lo que ellos consideraban mejor para una existencia tranquila y exitosa desde su punto de vista y crecí con estas creencias de lo que la vida era: tener carrera, no depender de nadie, tener libertad económica, tener hogar con un esposo amoroso y finalmente hacer crecer la familia. Creo que es en general lo que todos deseamos o aprendimos que esa es la vida, nacer, crecer, tener, reproducirse y morir. Como lo adornemos no importa, al final la inconsciencia colectiva nos lleva por ese sendero, tan vacío, en ocasiones limitante aceptar lo que los demás creen, aunque sientas que no están en lo correcto o que no siempre representen el ideal de felicidad que prometen. Muchas veces no tienes la suficiente fuerza para escucharte y ser fiel a ti mismo. Hay que escuchar y sentir lo que somos, siempre encontraremos el camino para llevarnos a nuestra mejor versión. De nosotros depende si lo disfrutamos o lo sufrimos.

Los años del colegio fueron un mundo de magia y fantasía en mi vida, no quería que se acabaran, tenía buenas amigas con las que compartía la misma búsqueda interna. Estábamos convencidas que nos tocaba cumplir con los designios de nuestra alma, a pesar de lo que todos nos marcaran como lo mejor para nuestro futuro. Eso nos resultaba tan fatuo, nos resistíamos, buscamos la forma de vivir nuestra adolescencia advirtiendo nuestra identidad y sintiendo que éramos más que las determinaciones impuestas.

Por ser adolecentes, nos dejamos guiar por nuestros modelos y en mi caso, me gustaba mucho escuchar a los mayores y sus experiencias, uno de mis deseos de cumpleaños era aprender de la experiencia ajena. Al escuchar a las personas a quienes amaba, consideraba que eran un modelo a seguir,

Un encuentro entre dos almas

debía decidir qué carrera seguir en la universidad, con mi promedio bajo y no tan buena conducta. Las monjas de mi colegio aconsejaron a mi mamá que no me inscribiera en la universidad, que lo mejor era que me dejara de secretaria. Yo sabía que todos estaban equivocados, aun cuando pretendieran estar haciendo lo mejor para mí.

La promesa a mí misma fue: *Voy a estudiar de verdad en la universidad y seré la mejor.* Observando mi entorno, podía asegurar que tenía el más sobresaliente laboratorio de la vida en mi casa. Mis tíos vivieron junto a mí toda la adolescencia, ellos, a quienes amo con todo el corazón, fueron como mis padres en cada momento, me amaron y defendieron siempre, yo no sería lo que soy hoy si ellos no hubiesen llegado a mi vida. Tenía junto a mí genios, aciertos y desaciertos, estudiaban diferentes carreras. Mi tío Otto arquitectura, el más joven, muy emocional y de quien aprendí a hacer las cosas que a uno le gustan, pese a la opinión contraria de otros. La rebeldía de creer en ti y también lo que significa que quienes amas, no te valoren o te reconozcan. Supe cómo te debilita el desamor, pero aunque era muy niña para entenderlo, eso no vibraba conmigo. Sentí pena porque no estaba suficientemente segura para apoyarlo. No supo nunca lo que significó para mí que se interpusiera y me defendiera a capa y espada cuando mi papá quería lastimarme, él junto a mi tío Juan, siendo aún niños fueron mis súper héroes.

Mi tío Juan estudió mecánica automotriz, por eso me encantan los carros, era de buen corazón aunque tomaba mucho, eso no me gustaba. Siempre jugaba conmigo y mi hermano, hacíamos cometas juntos, cortábamos las cañas de azúcar, las limábamos, hacíamos la cruz, comprábamos el papel cometa, cortábamos la forma del rombo y hacíamos la cola más larga para que se distinguiera del resto y no se separaba de nosotros hasta que la hiciéramos despegar. Volaba alto, con la fuerza dada

Un encuentro entre dos almas

por el viento nos arrastraba y mi tío Juan siempre nos auxiliaba en tomar el control para cabalgar en el cielo. En las fiestas de fin de año, reventábamos diablillos y a veces nos pasábamos un poco en la pirotecnia para generar llamas, chispas y humos, efectos sonoros, visuales y lumínicos que nos hacían reír.

Mi tío Fernando estudió Ingeniera Electrónica, mi pasatiempo preferido era ayudarlo pasándole el estaño mientras observaba como armaba sus tablas de circuitos integrados. Con él aprendí a amar la tecnología, siempre nos llevaba pequeños juguetes como robots para jugar, de carácter cariñoso y gentil, me inculcó la pasión por el conocer y nos hizo descubrir cómo la tecnología te ayuda a crear.

Mi tía Miriam, realmente se llamaba Zoila Macrina, pero jamás la llamé por ese nombre, siempre fue mi tía y mi mamá, quien desde pequeña se preocupó por mí y mis emociones, haciendo ver las cualidades que debía tener en la vida, para ser alguien correcto, decir la verdad por ejemplo, aunque si era necesario nos podíamos permitir algunas mentiras blancas. Me enseñó a ser independiente, a no esperar y a enfocarme en conseguir lo que quería. Recuerdo que pequeña, no tenía más de 10 años me dio hepatitis, una enfermedad que se me contagió en la escuela. Caí en cama muy mal, todo lo que comía lo vomitaba, no sabía hasta cuando iba a durar, estaba muy débil, con sueros para fortalecerme. Un día mi tía llegó y vi en sus ojos el impacto al verme en la cama, su preocupación y para mí era la alegría más grande que ella estuviera ahí junto a mí, se recostó junto a la cama y me abrazó, le dije:

—Cuidado que esto es contagioso, ella se rió y me respondió que no importaba, me preguntó cómo estaba, le dije que muy débil, pero que iba a estar mejor y así fue como vivencié que el amor es el arma más fuerte para superar cualquier enfermedad.

LA FUENTE

Un encuentro entre dos almas

Cuando apenas tenía 15 años aproximamente, mi tía y sus amigas habían armado una pequeña fiesta en casa, tomaban alcohol y jugaban a las cartas. Recuerdo que me llamó y me dijo:

— Vas a aprender a tomar, porque es muy importante en los círculos de los negocios saberte manejar con la bebida que siempre va a estar ahí presente, es una realidad.

Me indicó que siempre tenía que servir el trago a los demás, cuando le pregunté ¿por qué? Me respondió que así tendría el control de la botella, decidía el destino de los demás, "tú sabrás a quién le das más o menos, y cuanto te sirves tú, y todos estarán agradecidos que los atendiste y ellos estarán abiertos a apoyarte en retribución de tus atenciones". Fue mi primera borrachera, mi tía servía, no tenía muchas opciones, pero aprendí bien la lección.

La vida me dio dos madres y varios padres que hicieron lo mejor de mí y me dieron referencias de varias carreras. Al momento de decidir qué estudiar, me resultó más fácil observar las profesiones de mis tíos. Me di cuenta de algo muy peculiar, mi tía era quien administraba a mis tíos, todos eran buenos en sus carreras, muy brillantes, pero en las negociaciones, hacían lo que ella decía o atendían a cómo lo veía y terminaban haciendo su parecer. Me di cuenta que la habilidad más importante era saber negociar y administrar los negocios. Por eso decidí estudiar negocios y tecnología. Al buscar ambas especialidades en una misma profesión, encontré que en la Universidad más exigente de Ecuador, la Politécnica del Litoral, habían aperturado una carrera llamada Ingeniería de Negocios con mención en Sistemas de Información Gerencial, era una mezcla de Ingeniería en Sistemas y Negocios, y me dije *esa es la carrera que quiero estudiar.*

Tomé un año sabático a los 18, hasta decidir que ya quería estudiar, y así, finalmente ingresé el Pre Politécnico, para arrancar la nueva faceta en mi

Un encuentro entre dos almas

vida. La Politécnica era muy famosa. Por su filtro del Pre pasaban muy pocos, tenía que tomar clases particulares y estudiar día y noche para igualarme, ya mis amigas habían aprobado y me dieron todos los tips para que desde el inicio me fuese preparando para el reto que me esperaba. Lo que nunca pensé fue que además de mi formación profesional iba a encontrar mi gran amor, como cuando miras las mariposas que duran un día pero en cada aleteo se hacen eternas.

V. Maravilloso magnetismo

Al llegar al primer día del Pre Politécnico conocí a Diana, por afinidad con el deporte nos juntamos, estábamos en el mismo curso, ella me presentó a su amigo Antonio, era de la sierra, lo noté por su acento claramente; él se convertiría en mi primer amigo del género masculino. Tenía estatura alta, trigueño y cejas pronunciadas. Los tres nos hicimos muy buenos amigos, estudiamos y salimos adelante juntos en el Pre-po. Salimos airosos de la carnicería de los exámenes y posteriormente, al ingresar al primer año, escogimos el mismo curso de la misma carrera.

Por aquellos años tenía un problema, siempre decía lo que pensaba y no me importaba lo que los demás juzgaran, no tenía empatía, algo que me ha llevado a un constante diálogo interno, pues de pequeña me enseñaron a respetar a los ancianos y siempre debía hacer caso a los adultos, pero debía discernir si lo que ellos me orientaban era correcto o no. Luego debía expresar el resultado de mi disertación, incluso si tenía alguna objeción, siempre con respeto por las opiniones de los otros.

Este aprendizaje me llevó implícitamente a no sentir que ofendía a nadie por decir lo que pensaba, lo que no era correcto era callar, me costaba sentir que alguien se veía afectado, siempre me expresaba alrededor del problema y no de las personas. Aprendí que nos identificamos y muchas veces creemos que es un asunto personal y asumimos una actitud de víctimas. No entendía eso, me lo tuvieron que explicar muchas veces, hasta que comprendí que aunque las personas se sintieran heridas y asumieran un dramatismo poco aceptable para mí, tenían una manera de sentir que yo debía atender.

Estudiamos muy duro, tuvimos momentos muy frustrantes, Antonio por lo general tenía una visión de la vida muy cerrada y extremista producto de su entorno en su lugar de crianza: Riobamba.

Su lugar de origen se encuentra en el mero centro, en medio de Los Andes más altos de mí país, en la provincia del Chimborazo. Mi zona es un cantón minero, la suya agro, en la siembra que deja mirar varios volcanes y nevados que superan los cinco mil metros sobre el nivel del mar. El Chimborazo está a seis mil trescientos diez, medida que desde el centro de la tierra es la más alta del mundo. El serrano (andino) en general es poco frontal y comunicativo. En medio de volcanes vive la gente de modo más apacible, son educados, cultos, respetuosos, posiblemente muy callados en comparación con los estándares costeños. Dicen que no ven el horizonte porque lo tapan las montañas.

Él se crio con sus abuelitos riobambeños, ellos eran sus padres en realidad. Su mamá viajó a la capital para trabajar y posteriormente se radicó en Guayaquil. En su infancia, Antonio había desarrollado un sentido de compasión y amor a los demás; así mismo de vivir con lo necesario, con austeridad, nada de lujos, lo que llamaríamos clase trabajadora. Su abuelito trabajó como conductor de tren y su abuelita se dedicó a la crianza de sus hijos y de Antonio como suyo propio.

Con un corazón cargado de valores y amor iluminado por sus abuelitos, tuvo muy buenos amigos, con los cuales mantuvo comunicación toda su vida. Miguel, a quien todos llamaban Pastel, le gustaba beber alcohol, como a muchos en determinado momento de la adolescencia. Él fue como su hermano, gordito, simpático, alegre, siempre con una gran sonrisa y cálido abrazo. Iván, quien era solitario e introvertido. Jorge de aspecto rockero y oscuro, de grandes valores y fuerte convicción ideológica, podía hacer doler la cabeza a quien se le enfrentaba en debate político o social; no podía faltar el Don Juan, Javier, por quien Antonio pasó más de un susto o dolor de cabeza por los líos en que se metía.

Antonio tenía un sentido de nostalgia con ellos muy fuerte, pues al ser hijo único, desarrolló un instinto de hermandad y cariño que lo llevaba en ocasiones a deprimirse por la distancia. Siempre decía: *como no tuviste hermanos, conviertes a tus amigos en ellos.* Era una forma positiva de llevar las cosas sin que tuviera que caer en exageraciones. En la universidad nuestro grupo comenzó a crecer, ya no éramos tres, ahora se integraron los chicos del 55, así llamábamos a nuestro curso. Nos divertíamos mucho, teníamos un grupo muy elocuente y entretenido. Estudiábamos juntos, siempre nos reuníamos en nuestras casas, nos dábamos apoyo entre sí, nos entreayudábamos. Como es natural, por afinidad te mantienes más cercano con ciertas personas, en nuestro caso se nos unió Fernando, quien estaría con nosotros un largo período y se convertiría en un gran amigo de Antonio, era el galán de la universidad. Bautizado como el papi de las nenas, no había chica que él no la intentara y sin duda tuvo muchos aciertos.

Antonio y yo mantuvimos una amistad muy estrecha. En ciertas ocasiones, algunos compañeros que no tenían nada mejor que hacer con sus vidas, nos inventaron un romance y hasta vida íntima, por la cercanía que se nos veía. Él era mi mejor amigo, el hombre que consideraba un padre ideal. En mi mente estaba estudiar y terminar la carrera, tengo recuerdos de cómo los ideales de progreso aprendidos en la familia me mantenían sin desvíos y con claridad dirigida hacia mi objetivo. Además, era mi mejor amigo, no podía verlo con otros ojos. Debo reconocer que no me atraía físicamente, pero con el tiempo fue su forma de ser lo que me atrapó. Por mucho tiempo me lo negué, cuando me pasaba como un celaje por mi corazón, se lo atribuía a las habladurías y a todo lo que me insinuaban los demás.

El silencio de las palabras no dichas, tampoco aceleraron el desenlace,

Un encuentro entre dos almas

Antonio, no me había dicho ni una sola palabra hasta ese momento acerca de sus sentimientos. Un día, una amiga en común me tomó por sorpresa y me llamó la atención, diciéndome:

— ¡No te das cuenta, tú le gustas!

—Estás loca, somos los mejores amigos, él trata a todas las personas de forma amable y respetuosa, le dije y ella me replicó:

—Pero contigo es mucho más que con el resto de las personas.

Con seguridad y con tono fuerte, le aclaré:

— Ya me lo hubiese dicho de ser así, estás viendo cosas donde no las hay.

Ya no pude hacerme más la indiferente, la duda me tocó por lo que decidí saber la verdad. Busqué a Antonio para aclarar mis dudas. Vaya, fue algo muy duro, él no podía decir lo que sentía, ni con una grúa se podía sacar de su corazón sus sentimientos. Finalmente, después de una larga velada de diálogo, me dijo:

— Sí, tú siempre me has gustado, desde el primer momento que te conocí, tu forma de ser me cautivó, eres diferente a todas las mujeres que he conocido. Nunca te lo dije porque esperaba que te dieras cuenta en algún momento.

Me quedé realmente sorprendida. No podía verlo con otros ojos, era mi mejor amigo. Hice memoria de tantas experiencias vividas y de forma categórica le expresé lo único que tenía seguro en ese momento, no lo quería perder por ninguna circunstancia, él ya era indispensable en mi vida. Él me sostuvo la mirada y me dijo con determinación:

— No te cierres a las posibilidades, te amo y puedo hacerte feliz.

No hacía mucho tiempo había terminado una relación adolescente, complicada y devastadora durante la que Antonio había sido mi pañuelo de lágrimas. Luego de saber sus sentimientos, me sentía con una gran inseguridad, me preguntaba permanentemente cómo iba a ser todo de ahora en adelante, cómo iba a ver a mi mejor amigo, a quien dejaba que me subiera el cierre del vestido sin pensar, ni siquiera imaginar que me podía ver de otra forma. ¡Y ahora qué! un día fuera de mi casa, luego de salir de clases, me pasó dejando y me volvió a preguntar con insistencia qué pensaba, me sentí un poco agobiada, le dije:

— Oye bien, ¡nunca seré tu enamorada, eres mi mejor amigo, cómo te atreves a arriesgar nuestra amistad!

Entré y cerré la puerta de mi casa muy fuerte, me sentía morir, no quería lastimarlo, ni perderlo. Solo quería conservar a mi mejor amigo, por qué era tan difícil de entenderlo.

No lo era, en realidad mis palabras solo eran el reflejo de mi miedo inconsciente de no cumplir lo que creía me iba a hacer feliz y decepcionar a mi familia, él lo entendía, pero sus sentimientos nos lastimaba a ambos. Venimos a este mundo a experimentar y nuestro creador más adelante me iba a enseñar lo equivocada que estaba

Junto a Antonio compartía algo que nos unía aún más. Nuestras almas entendían la espiritualidad de una forma diferente, ambos sabíamos que el alma era inmortal y que siempre estábamos en continuo ir y venir. Pronto íbamos a saber que lo más probable era que teníamos nuestro compromiso, antes de venir a esta vida para compartir y crecer juntos. Íbamos directo a la Fuente a consumar el encuentro de dos almas

Con él era una de las pocas personas con quien podía expandirme y dejar que mi espíritu revelara su esencia. Revisamos juntos nuestras vidas pasadas, dónde nos habíamos conocido, las circunstancias, las experiencias de dolor y alegría. Él tenía mucha fuerza, era capaz de hacer sentir su energía y la usaba para sanar a otros. Eso lo amaba de él.

Un encuentro entre dos almas

Mis amigas más cercanas en algún momento me hicieron una mesa redonda para indicarme que tenía que escoger, si seguía con Antonio como amigo o como pareja, advirtiéndome que alguna de ellas, le iba a poner asunto a conquistarlo, pues era demasiado buen hombre para dejar que se separara del grupo. Me puse furiosa, les grité que no se metieran en mi vida. Para aquel momento mis convicciones se estaban quebrantando, el panorama se me estaba aclarando y Antonio me dio el último empujoncito, me manifestó con mucha seriedad que entendía mi posición, por lo que le tocaba buscar a otra persona por otro rumbo. Dentro de mí sabía que estaba hablando su ego, producto del dolor de sentirse no correspondido, pero estaba lejos de lo que su corazón realmente quería.

No fue más, pedí a mi corazón donde vive el creador, que me enseñara la realidad. Sabía dentro de mí que lo amaba desde hacía mucho tiempo atrás, desde el primer año, cuando comenzó a crecer ese cariño que me hacía sentir completa cuando estaba junto a él. Ahora, pasando a tercer año, ambos escogiendo la misma especialización de la carrera, parecía que todo debía encausarse.

Él había sido mi mejor amigo, el conocía todo de mí, vio cómo me rompí cuando mis sentimientos por mi primer novio se desvanecieron. Se arriesgó, construyó un puente entre los dos que se hizo más fuerte con el paso del tiempo, él buscó conectarse a través de su amistad y bondad, estaba en armonía conmigo, pero yo me resistía. Además la experiencia me había hecho decidir que la próxima vez que abriera mí corazón debía observar a la persona, cómo trata a otros y a su familia. Las acciones por muy sutiles te pueden hacer ver la verdadera naturaleza de la persona. Las máscaras que tenemos muchas veces nos enseñan un reflejo propio del que ve y una proyección de lo que la persona quiere enseñar. En mi proceso de observación me di cuenta que las máscaras y las proyecciones son ilusiones que no las puedes sostener en el tiempo, pues son eso, una ilusión, no está en mi juzgarlas, pero para ese momento me enamoraría de los valores y de lo que alberga un corazón. Antonio tenía características de un buen corazón, amable, bondadoso, confiable y respetuoso, eso me hizo amarlo, porque con él aprendí a ser mejor persona.

La noche en que lo acepté en mi alma, tuve un sueño lúcido, o en realidad una salida en astral. Debo aclarar, los sueños y el viaje son diferentes aunque ambos son producto de una dimensión astral. Los sueños son astral inconsciente y el viaje es el astral consciente. En el primero el sueño te lleva, te dirige, te enseña y observas tus reacciones y las circunstancias, e incluso a veces no sabes por qué lo haces, pero lo haces, no lo puedes controlar, es una parte de ti que te enseña algo que debes ver, saber o muchas veces puede ser basura psicológica. Al contrario el astral consciente tú lo diriges, lo controlas y puedes ver incluso tu cuerpo dormido, y tú fuera de él, la primera vez es fuerte, te choca, luego ya ni te fijas.

Aquella noche lo fui a buscar y cuando lo vi, lo único que hice fue hablarle a mi corazón y le pregunté

— Qué sientes al verlo a los ojos.

Fue automático, mi cuerpo astral se abalanzó al suyo, estábamos en su casa, estuvimos juntos astralmente.

Verán, nuestro cuerpo astral no se limita a lo físico, de hecho al ser de energía las sensaciones, emociones, el contacto es mucho más profundo e intenso. Recuerdo que comencé a recorrer todo su cuerpo, sentía que me faltaba el aliento, la energía de mis manos y de mi pecho al tocarlo, quería hacerle sentir cómo mi alma lo deseaba, sentía que quería literalmente meterme dentro de él y estallar juntos en vibración de amor.

La energía que transmitimos fue muy fuerte, sientes como ondas y todo tu ser se vuelve sonoro y vibra con cada intensión. Al llegar al clímax, no solo sientes, ves tu energía dentro de él y la de él dentro de ti, deseas que él sienta que lo amas infinitamente y no quieres que termine jamás. Así es en astral, lo que piensas lo trasmites a la velocidad de la luz. Sí, es muy placentero, pues eres verdadero, logras un nivel de intimidad profundo, vives el ahora porque no existe el tiempo. Seguro te ha pasado que sueñas por horas o situaciones en lapsos de tiempo muy largos, cuando te levantas han pasado minutos. ¿Te has preguntado por qué? Físicamente, al levantarte regresas con todas esas emociones, las sientes en tu piel, respiración, en tu corazón y tu mente, claro, la otra persona también lo siente. Al día siguiente le pregunté:

— Antonio que tal dormiste ayer, él muy respetuosamente me dijo

— Solo sé que me levante feliz — ¿Por qué lo preguntas?

— Ah es que soñé contigo

— ¿Qué soñaste?

Obviamente no le podía decir qué había pasado, me daba vergüenza, opté por decirle que estuvimos conversando por mucho tiempo. Luego de ese día, él me visitó un par de veces más en astral.

El tenía más sueños lúcidos. Sentía y tenía la certeza que era cuestión de tiempo para que ambos estuviéramos juntos en una relación de pareja e íntimamente. Y así fue, pero no como ustedes creen; es increíble la forma como Padre, Madre, Dios te llevan de la mano, por eso algunas veces no creo en el libre albedrío. Antes de venir al mundo, decidimos lo que venimos a hacer, ahora, qué camino quieres escoger para seguir la experiencia depende de ti, pero al final te lleva a donde decidiste llegar antes de venir. Antonio y el encuentro de nuestras almas era simplemente más de lo que me podía imaginar.

Estábamos en la oficina, quedaba en un último piso de un edificio en el

Un encuentro entre dos almas

centro de la ciudad, ambos trabajamos junto a nuestro profesor de Productividad en forma free lance, era la mejor forma de salir de la universidad con experiencia. Recuerdo, estaba muy concentrada escribiendo un reporte de algo que me habían pedido. Créanme, cuando me concentro puede haber un concierto junto a mí y yo permanezco enfocada en lo que estoy haciendo y solo regreso cuando lo termino. Soy muy conocida por eso, Antonio sentado en diagonal frente a mí, en la misma mesa. Él estaba esperando que terminara mi reporte, mi atención no estaba en él en ese momento. De repente una sensación de imán sentí en mis rodillas, sentí cómo de mis pies subió una especie de energía muy cálida, suave pero muy intensa. Noté cómo mis poros se abrieron y recorrió lentamente mis muslos, pasó por mi vientre haciéndome estremecer, era como una vibración que me sacó del planeta en ese momento, se quedó en mi útero por unos instantes. No puedo definir tiempo porque su intensidad no me dejaba pensar si quiera en el tiempo, me sentía estremecer sexualmente y amorosamente, al seguir subiendo por mi abdomen se quedó en mi pecho donde se reveló y percibía una infinita ternura y amor; finalmente al llegar a mi cabeza noté como un mareo, era mucha energía y comprendí que estaba teniendo una experiencia de amor y éxtasis. Me quedé en ese estado por varios minutos sintiendo, dejando que mis poros volvieran a cerrarse, y recuperando la respiración. Pero sobretodo, deseando que siguiera y que la experiencia quedara marcada en mí para siempre.

Luego, lo obvio ¿Qué fue esto? y en mi sentido de asombro, de lo inexplicable, mi cuerpo levantó la cabeza y mi mirada se centró en Antonio, y lo vi directamente a sus ojos, y su alma lo delató, le dije

— ¡Fuiste tú!

Se rió, no pronunció ninguna palabra, se movió sigilosamente a mi lado, tomó mi mano, me vio fijamente y me dijo:

Un encuentro entre dos almas

— Sí, fui yo. Le pedí a Dios que me dejara hacerte advertir lo que yo siento por ti, solo lo puedo hacer contigo, dejé que mi intensión me guiara. Coloqué mi mano sobre su mejilla, y le dije: fue asombroso, con lágrimas en los ojos, ambos solo pudimos vernos a los ojos por minutos, sin pronunciar ninguna palabra, solo sintiendo el toque de nuestras manos sobre nuestros rostros.

Estábamos estremecidos porque nos dejaron tener esa experiencia. Luego de alcanzar la sensatez le dije; ¿Cómo lo hiciste? ¡Enséñame! y obvio nos pusimos a practicar, ahora me tocaba a mí. ¡Oh sí! fui muy buena alumna, aprendí rápido, solo que olvidé algo muy importante, ambos estábamos muy intensos, y con mucha energía de creación desbordando por nuestros cuerpos. No pudimos evitarlo, estuvimos físicamente, y claro, como todo lo que es de ser, ya no había nadie en la oficina más que los dos. Nuestro encuentro dejó evidencia, en el techo de la oficina, quedaron las huellas de mis manos, estuvimos mucho tiempo. Teníamos que balancear la energía. Fue asombroso, era como sellar lo que habíamos experimentado en astral, en físico, sencillamente, maravilloso, teníamos una gran compatibilidad. Ambos sabíamos lo que deseábamos y cómo lo deseábamos, nuestro olor y sabor se atraían. Pero ¿cómo pasó todo esto? tenía muchas preguntas en mi cabeza. Mi naturaleza es muy lógica. Lo único que tenía claro, es que desde ese momento seguiríamos juntos atraídos por un maravilloso magnetismo que trascendió al más allá.

VI. En lo imperfecto se encuentra el secreto

Crecimos juntos en nuestra relación y profesionalmente. Existen muchas creencias y programas que son instaurados desde la infancia en los hombres y las mujeres. En función de eso llegamos a hacer muy competitivos, tanto que en ocasiones nos afectaba la proximidad.

Me dolía mucho ver como la responsabilidad del hogar y él compromiso de ser proveedor puede enfermar a la persona que amas. Usamos las palabras pon los pies sobre la tierra, esa es la tarea del hombre. ¿Quién nos enseñó esa realidad, obedece acaso a una era donde se necesitaba la fuerza física superior para proveer los hogares? Si ya no estamos en esa era, entonces ¿Cómo debe ser en este tiempo? Ambos compartimos las obligaciones, se trataba de un ganar ganar. Los hombres no están solos, no es solo su responsabilidad, una esposa, compañera que se quiera a sí misma buscará cultivar la relación y en este entorno, ambos crecen, entonces… ¿Por qué aún existe competencia? ¿Por qué no nos paramos a sentir con nuestros corazones qué mundo queremos crear y cómo deseamos que la familia se desarrolle en él?

Esta fue la lección que nos tocó aprender en pareja. Cada compañero que llega a nuestras vidas, viene con el propósito de enseñarnos a través de las vivencias, de enriquecer nuestra alma para alcanzar algo más elevado, y sí, muchas veces duele. Luego de varios años de vivir juntos nos separamos.

Deseaba que Antonio aprendiera a ver lo que Dios nos había dado al permitir que estuviéramos juntos. Todos los logros que hasta ese momento habíamos alcanzado eran una gran bendición, pero él tenía muchos problemas para aceptar y siempre se quejaba de todo, era su forma de reaccionar en ese primer intento de la relación. Se llevaba las frustraciones muy adentro y eso lo enfermaba, era parte de lo que había escogido vivir. Creo que en ese sentido se integraba nuestro pacto de crecimiento en esta vida, yo lo complementaba. Por el contrario, a mí me gustaba ver y agradecer por todo y si algo no salía como debía, tenía la certeza que por algo sería, que siempre lo que sucedía era lo mejor. Por lo general he sido muy buena materializando lo que deseo y eso también se lo enseñaba a él, solo que le costaba creer que sí podía.

Por mi lado sentía que él debía tener más experiencias con otras parejas para que comparara y se diera cuenta que no se trataba de cuantas personas comparten tu vida, sino que a veces tan solo una persona puede impactarte para siempre. Con ese tiempo de separación aprendería que muchas de sus creencias, reacciones y comportamientos, estaban basados en el miedo.

Fueron seis meses muy duros para ambos. No podíamos evitar vernos y aunque él trataba de empezar una nueva vida de la forma como él consideró debía experimentar: viajar mucho (huir), conocer gente y sentir que era libre. Fue muy común toparnos en ciertos lugares y escapar para estar juntos. El magnetismo se sobreponía a las diferencias.

Llegó un momento inolvidable para mí, estábamos en el matrimonio de una de nuestras mejores amigas y al mismo tiempo su esposo se convirtió en un gran amigo de Antonio. Esperamos hasta el final la celebración de nupcias para luego evadirnos al departamento de Antonio, al mismo tiempo junto a los esposos. Luego fue lo mismo, arrebatarnos la ropa y quedar sin aliento en el acto. Él con mucha tristeza me dijo —por qué tenemos tanta compatibilidad, tanta como un magneto, no lo puedo explicar, me quedo sin aliento solo con tocar tu piel y en otras cosas somos tan incompatibles. Mi corazón le respondió:

—No pienses... solo vive este momento como viene, tal vez nuestras almas saben más de lo que nuestra lógica nos limita. Nos reímos y disfrutamos lo que quedaba de la noche.

Tuvimos muchos encuentros, muchas conversaciones y también mucha distancia. Por un lado él se mantenía viajando y tratando de restablecerse, pero lo veía que le costaba mantenerse en una línea, sentía mucha inestabilidad. Por mi lado solo estaba concentrada en mí misma, en buscar las causas que me llevaron a tomar esa experiencia y buscar dentro de mí las respuestas. Así pasamos algún tiempo hasta que volvimos y a medida que pasaba el tiempo, íbamos revelando las razones que nos mantenían juntos.

Hago una pausa para comentarles otro obstáculo, otro evento imperfecto que nos hizo descubrir el secreto del amor. Si bien ya teníamos una relación de 10 años, en todo ese tiempo no había quedado embarazada, no usé anticonceptivos nunca, me cuidaba con el método tradicional, creíamos que éramos infalibles, lo llevábamos bien y como aún no queríamos tener hijos, no era algo que nos inquietara. Al inicio de año normalmente me hice chequeos generales y en esa oportunidad decidí ahondar en mi cuadro hormonal y órganos reproductivos.

La primera doctora que me atendió, drásticamente me dijo que nunca iba a tener hijos pues tenía un útero muy pequeño y mis ovarios no trabajan como debían. Me pareció muy cruel y entendí que esta situación podría ser el resultado de mis deseos, pues desde joven siempre me repetí que no quería tener niños, que el rol de mujer no era solo tener y criar niños, que teníamos derecho a más y los niños trucaban muchas veces los proyectos y posibilidades de crecimiento profesional. Creo que muchas tenemos estas creencias en la cabeza en oposición a los patrones limitantes que buscan instaurarnos. Entendía que por ahí venía en parte el punto de inicio, debía comenzar definitivamente a limpiar esos patrones inscritos en mis células. Mis miedos se hacían realidad, estaba consciente que co-creé esta situación y ya era hora de revertirla.

Un encuentro entre dos almas

Para dar la cara ante esta intención no estuve sola, conté con la ayuda de Don René (Don R.). Una tarde prometedora estábamos en mi departamento, junto a Don R. y su hijo Roberto, practicando terapias a través de reiky para mejorar mi fertilidad, pues como les decía, la imposibilidad de tener hijos ya era inminente. Lo que tenía en ese momento disponible era el reiky y Roberto era quien nos daba la terapia de vez en cuando.

Volviendo al escenario con Don René conversamos del poder de sanación de los sonidos y cómo estos han ayudado a nuestra evolución, haciendo referencia a las enseñanzas que se impartían en el *Saqqara*: La alta vibración del amor todo lo remedia con esa energía que no admite polaridades, que en el equilibrio aumenta el nivel de vibración para vivir en paz. Allí tengo que ir a sanar los patrones que marcan mis relaciones.

Continuamos la terapia con la máquina cuántica en la que cada cámara era parte de una nota musical, decidimos buscar en sonido vibracional que ayudaría a elevar mi vibración y frecuencias de mi cuerpo; encontramos algo emocionante y utilizamos Home Teather de cinco parlantes, los cuales los colocamos en sentido de los cinco puntos de mi cuerpo, en forma de estrella. Me recosté en la mitad, sobre un cómodo mueble sofá, para comenzar la terapia de energía y sonidos. Decidí agregar a nuestra práctica sonidos, al reiky. A medida que pasaban los minutos mi cuerpo comenzó a vibrar muy fuerte, sentía cómo mis células se agitaban y visualicé mucha luz alrededor de mí, me costaba estar presente… fue como si me iba a salir del cuerpo; fue entonces cuando vi en plano etéreo, sobre mi cabeza, flotando en el techo, un enorme diamante que lanzaba luz sobre todo mi cuerpo y me dije… Ah, ese diamante es el que me produce esta vibración tan fuerte, y a medida que su luz se fusionaba conmigo, me sentía más elevada y ligera… de pronto me di cuenta que había un pilar de luz en una esquina de

Un encuentro entre dos almas

la habitación, de allí vertiginosamente salieron dos seres de luz que al verlos sentía que eran pareja, el ser masculino era particularmente parecido a Antonio, pero más delgado y alto.

Ambos tenían un cuerpo de luz, en mi entendimiento estaban desnudos, y la luz cubría sus cuerpos, de pronto el ser femenino que tenía el cabello largo se me acercó y muy suavemente colocó sus manos sobre mi vientre. Le pregunté en nombre de la ley universal, ordené me respondiera si era Luz, tres veces y al responderme que sí lo era, su cuerpo se iluminaba, por ley universal, todo ser debe responder con la verdad, entonces le pregunté qué estaba haciendo en mi vientre y escuché su voz muy dulce y tierna, diciendo:

—Ayudándote a sanar. Pero había algo que me intrigaba con este ser, me costaba ver su rostro, y le pregunte

— ¿Quién eres, por qué me estás ayudando?

— Tú me llamaste

— ¿Quién eres? — En ese momento ella movió un poco el cabello que tenía sobre su rostro y fue justo ahí que a mi mente llegó la respuesta… y le dije:

— ¡Tú eres yo! ¿Cómo es posible? — ella sonrió

—Sí, soy tú, pero una versión futura de una dimensión superior. Tranquila, lo entenderás todo en su momento. — Sin más terminó su labor y junto a su pareja, se adentró al pilar y se desvanecieron.

Regresé del estado de meditación profundo, de a poco pues aún mi cuerpo estaba con una vibración muy alta, sentía que mi cuerpo sonaba, había un sonido en todo a mí alrededor. Al regresar, le conté todo lo sucedido a Roberto y lo maravillada que estaba con la experiencia.

Los días siguieron pasando. Estaba muy conectada con mi parte interior,

Un encuentro entre dos almas

era como que había decido a salir sin la mínima intención de detenerse. En ese entonces, mi mejor amiga me decía que debía entender lo que estaba pasando, era para crecer y el apego era lo que me estaba limitando; me sugirió que si tenía tiempo considerara viajar en mis vacaciones, ir a una escuela de enseñanzas de Amorah Quan Yin. Habíamos llegado a sus libros por una experiencia que había tenido aproximadamente once años antes, junto a Saúl, quien era un sacerdote gnóstico que había ido a vivir a Ecuador cerca de Ibarra. En mi terapia con Saúl salió a relucir que tenía un casco sobre mi cabeza que parecía fusionado con mi cuerpo, al preguntarme ¿Por qué lo tenía? imágenes de destrucción con estallidos y fuego vinieron a mi mente. Le dije que esto sucedió cuando un planeta se destruyó mientras yo estaba protegiendo un objeto de apariencia de cristal, que contenía el conocimiento e información de esa raza y estaba dispuesta a dar la vida para que ese conocimiento no se perdiera. Cuando Saúl me preguntó ¿qué planeta es? a mi mente vinieron nombres no de forma muy clara, sonaban como: malde, malo, maldec, y él siguió con la terapia. Al terminar, salió de la habitación y me dijo:

—Ya regreso, — fue a su casa (estaba con Liz en la habitación) y nos trajo unas copias viejas de un libro de Amorah Quan Yin, y me dijo que ese planeta que había nombrado existió, "Maldek", fue destruido, en el libro la autora dice que también estuvo en ese planeta y relata un poco la historia del mismo. Me propuso que lo leyera, entonces Liz, que siempre ha sido la más didáctica y disciplinada, tuvo la tarea de leerlo y luego me dio la copia.

Por esta razón ella me sugirió ir a la escuela de Amorah, lo que para mí tenía mucho sentido, pero también tenía claro que primero debía resolver lo que mi corazón quería y eso era mi relación con el hombre que amaba, entonces me dije, será la próxima vez. Recuerdo haberle comentado a Antonio que estaba pensando viajar al curso, pero por obvias razones no

Un encuentro entre dos almas

podía y mi jefe no me dejaba ausentarme más de una semana, el curso tomaba 15 días aproximadamente.

Seguimos con nuestras terapias de energía y sonido. Decidí ver otras opciones de doctores para revisar mi caso, pero todos tenían un diagnóstico similar. Los días pasaban y como un pajarito comencé a estar más presente y tener más serenidad. Antonio comenzó a frecuentarme más; un día en mis sueños veía que estábamos juntos de nuevo y a la semana de esto se hizo realidad.

Antonio me pidió que volviéramos, pero que lo hiciéramos despacio, teníamos que revolver asuntos y sentimientos heridos entre ambos, le dije que me parecía bien. Luego de dos meses de volver sucedió algo muy bello, quedé embarazada, poco duró pues apenas estábamos volviendo para enfrentar algo desconocido y confuso… Qué hacer. Simplemente nos dijimos no digamos nada y esperemos a estar más serenos para no lastimar o decir algo que duela, había algo más importante ahora que nosotros. El doctor me dijo que el embrión estaba bien, que siguiera las instrucciones y tratara de estar sin estrés. A las dos semanas de la noticia, Antonio fue a jugar un partido de fútbol y se lesionó el tendón de Aquiles, se lo rompió. Me llamó cuando ya estaba en el hospital, y me contó que había estado jugando el partido de su vida, y de pronto sintió que lo patearon por detrás, al girar vio que no había nadie, al dar el siguiente paso se dio cuenta que no podía controlar su pie. Me comentó que esa inspiración fue porque se dio cuenta de cuan feliz estaba por el bebé y por convertirse en padre, estaba muy entusiasmado.

Desafortunadamente por estar en el proceso del hospital me excedí sin darme cuenta, más mi trabajo elevó mi nivel de estrés. A las dos semanas tuve un sangrado y al ir al chequeo, me indicaron que él bebe ya no tenía latidos. El doctor me aseguró que por el tiempo debió ser una anomalía, que suele pasar dentro de los tres primeros meses. Pero la buena noticia fue que podía ya quedar embarazada.

Antonio se mudó para mi departamento donde estaba viviendo para aquel entonces, para poder ayudarlo con su recuperación y comenzar de nuevo, en un nuevo hogar. Me estaba empezando a alejar de mi vida espiritual de a poco, solo teníamos las terapias de Reiky con Roberto y al trabajo interno no le estaba dando la prioridad que debía darle. Le di prioridad a reconstruir la relación y prepararme para poder quedar embarazada nuevamente.

A finales del 2011 Antonio había estado dos días con un dolor en su oído que no lo dejaba, llamamos a una ambulancia para llevarlo al hospital, sentía un sonido demasiado fuerte. Al llegar los paramédicos le tomaron la presión y estaba disparada, con una pastilla se estabilizó de inmediato. Al día siguiente fue diagnosticado con hipertensión básica. Desde ese momento debía tomar una pastilla hasta que sus exámenes mostraran que había mejorado. Antonio comenzó a buscar lugares para realizar terapias de nutrición y mejorar su salud. Lo primero era bajar su peso y cambiar su alimentación. Muy disciplinadamente llevó a cabo todas las observaciones del doctor.

En el 2012 volví a quedar embarazada, nos habíamos casado por civil, en septiembre de ese año. Para noviembre tenía un mes de embarazo, esta vez el doctor me indicó que el embrión estaba muy fuerte y mejor agarrado.

Lo veía muy bien después de un viaje al otro lado del conteniente, habiendo realizado actividades deportivas como cabalgar, subir un volcán, el bebé mostraba parámetros normales, esto era muy buena señal. Nos sentimos muy felices, aunque a mí me hubiese gustado no estar trabajando y estar más dedicada al embarazo. Ese fue nuestro plan inicialmente, pero las cosas no se dieron así y no quería dejar a Antonio con toda la responsabilidad de sostener el hogar. Habíamos realizado un plan para dejar de trabajar en dos años y estábamos a ocho meses de lograr ese objetivo.

En febrero del 2013 tuve un sangrado, esa fue la peor señal. Ya estaba en mi cuarto mes. En el chequeo, el bebé estaba bien, pero notaron que el latido de su corazón estaba un poco rápido y qué debía descansar. Eso hice, pero no fue suficiente, a la semana me volvió el sangrado y en el chequeo, había dejado de latir el corazón del bebé. Una operación debía realizarse, programamos en ese momento para luego de dos días. Pero al día siguiente, el bebé se me vino, y fue el dolor más fuerte que alguna persona se pueda imaginar. Tenía las contracciones de parto, controlando la respiración pude aguantar hasta el hospital, me asustaba la cantidad de sangre. Llegamos y fui intervenida luego de una hora, los analgésicos y otros químicos que me colocaron me afectaron drásticamente el sistema digestivo luego de la operación. El doctor inicialmente me indicó que tenía cambios celulares en las paredes del estómago y esófago, pero que debía esperar el resultado del examen. Finalmente me dijo que no me preocupara, todas las muestras salieron negativas, pero una gastritis crónica estaba presente y debíamos tratarla urgentemente. Me pregunté ¿Qué está pasando? Dios ¿debemos tener hijos, es lo mejor para ambos? Tenía mucho coraje con Dios y me dolía mucho sentir eso. No entendía qué estaba pasando, entonces comencé a preguntarle a mi ser interno qué era esto. Pero cuando estás en vibración de ira y miedo, las respuestas no son claras, pues tu ego está muy fuerte y no deja que la luz penetre sus capas.

Después de un par de semanas decidimos Antonio y yo que debíamos buscar otro doctor con mejores niveles de honestidad. El presente doctor nos indicó que por el nivel de estrés que manejaba, no era lo mejor para el desarrollo del embrión, me molestó mucho porque no me lo había dicho antes, ni se refirió en qué términos se debió haber comunicado ¿es una decisión fácil dejar el trabajo para traer vida? para mí lo era, dejar el trabajo no era un gran problema para mí, pues me había estado preparando para esa posibilidad y era por una meta mucho más transcendente. En conversaciones con Antonio y Don René decidimos mejor fortalecer mi cuerpo. Efectivamente debía dejar de trabajar para estar en cama y tener más oportunidad de lograr un embarazo exitoso. Habíamos puesto una fecha, finales del 2013. Pero la vida a veces es extraña y marca sus propios tiempos.

Mi trabajo se había tornado agotador, el nuevo jefe tenía valores que no marchaban con los míos y la calidad de personal que estaba entrando a la empresa no era la óptima. Luego de varios incidentes repetidos de discriminación y falta de ética de esta nueva cúpula, definitivamente me debía ir. Llegó una oportunidad, hubo un cambio de contrato y tomé la opción de no aceptar las nuevas regulaciones. Desafortunadamente esta cúpula se sintió herida en su ego. Finalmente, llegamos a una resolución y pude salir. Fue un gran momento para mí porque me iba a poder dedicar a mi esposo y a nuestra nueva vida en familia.

Ese fin de año nos tocaba pasar la fecha con mi familia, cada año nos turnábamos para pasar con nuestras familias respectivas. El día 1 de enero del 2014, al llegar a las 2:30 am a la casa de mi tía Mirian, donde nos estábamos alojando, quedamos profundamente dormidos. Como a las cinco de la mañana un sonido inusual que venía de la ventana me despertó de repente, eran como aleteos, pensaba que se nos había metido un murciélago porque sonaba muy fuerte. Desperté a Antonio ya con luz de día y le pregunté si había escuchado, dije:

—Creo que se nos metió un animal. — Al acercarnos vimos que era una mariposa negra, justo la había visto antes de irnos a la fiesta de fin de año afuera de la casa, estaba en la ventana de la sala, en lo personal no me gustó.

Un encuentro entre dos almas

Creo que era la misma mariposa que se nos había metido pues habían olvidado cerrar los ventanales del balcón, la sacamos de la habitación. Ambos nos vimos a los ojos y nos quedamos en silencio, eso no es una buena señal, esas mariposas en nuestro país se asocian con la tragedia. Pero no le dimos importancia.

Empezamos un nuevo año con muchas bendiciones. Las cosas iban cada día mejor en nuestra relación, daba las gracias cada día por la maravillosa vida que teníamos y por ver junto a mí a ese hombre, el más grandioso que había conocido en mi vida. Siempre se comenta que con los años de convivencia va mermando el amor, pero a mí me pasaba lo contrario, crecía más y más como masa con levadura fresca. Un día, me levanté sintiendo que debía recalcárselo más de lo normal. Le dije:

—Amor, no sé que me haces, pero cada día te amo más, me da miedo… ¿eso es normal?… te amo y mi corazón está lleno de ti, mi amor es infinito y siento que quiero hacerlo crecer más. Él sonrió y me dijo:

—Para que veas que hago bien mi trabajo. — Lo abracé y besé apasionadamente

Encontramos un nuevo médico que descubrió la causa de que mis embarazos no llegaran a término. Debía operarme para remover un tabique uterino que dividía mi útero en dos cavidades, y al mismo tiempo no permitía que el bebé se desarrollara normalmente, pues contaba con un espacio limitado, debían operarme para removerlo. Antonio por su lado tenía muchos problemas con su trabajo, fueron un poco ciegos, su jefe estaba en otra ciudad, no veía la calidad de su trabajo y se dejaba llevar por comentarios, en lugar de fijarse en los resultados.

Antonio fue nombrado el mejor empleado del año en su empresa por la productividad que alcanzó, pero ni así lo dejaban tranquilo, siguieron ocurriendo muchos problemas. Lo más preocupante era lo que el trabajo

Un encuentro entre dos almas

significaba para él. Antonio realizaba su trabajo con todas las fuerzas, no se daba por vencido fácilmente. Después que le detectaron la hipertensión, dentro de él cambio su nivel de prioridades, y su salud fue primero, luego su trabajo. Aún así su nivel de compromiso y responsabilidad eran excesivos, le importaba mucho su reputación, era como si su trabajo definiera quién era. Tuvimos muchas discusiones y debates por esto, veía cómo lo ponía mal. En cambio los días que le reconocían su labor, se alimentaba de eso para no dejarse vencer. Me preocupaba mucho esos sube y baja, al punto que le pedí varias veces que renunciara porque no me quería quedar sin él, que no se preocupara por el dinero, eso no nos iba a faltar. Finalmente, en el mes de marzo del 2014 aceptó y quedó que en Julio próximo iba a renunciar. Nos sentimos felices. Pensé que si en ese momento traíamos un bebé posiblemente se iba a estresar más ¿Qué podía hacer? Revisamos los números y estábamos cubiertos por dos años, así podríamos estar más tranquilos. En el medio de tantas vicisitudes e imperfecciones encontramos el secreto de la felicidad, lo realmente importante y trascendental.

Quedó fija la maternidad en mi esencia, significaba la oportunidad de ser creadora de vida y coadyuvar a otra alma a anclarse a este mundo. Cuando sentí que habitaba un bebé en mí, observé cómo se expandía mi corazón, de forma radiante, trasmitiendo ondas de luz alrededor en frecuencia de amor, simplemente las palabras no lo podrían describir. Si se da en esta vida, sería perfecto. Honraría esa oportunidad en mi vida. Sin embargo, desde una dimensión racional, sentía que había mucho que limpiar en mi interior y en mi psiquis, me sentía egoísta, pensaba que en realidad lo que buscaba era satisfacer una necesidad impuesta por la familia y por la sociedad en general.

Lo que me conducía al deseo de ser madre, era la alegría que sentía entre ambos de traer un ser a la vida, producto de nuestro amor, aunque era algo que no creíamos necesario y al mismo tiempo se sentía como ese momento en que ves los ojos de la persona que amas y no necesitas decir una sola palabra, los ojos conectan nuestras almas y emerge un sentimiento de alegría infinita, eso fue lo que experimentamos al tener la posibilidad de traer un ser a este mundo, tomando todas las previsiones del caso para que tuviera una infancia junto a sus padres de forma plena.

En una relación colmada de amor, las sombras e imperfecciones nos mostraron el secreto de la entrega, de una feliz convivencia, nos enseñó a darle importancia a lo trascendente, al encuentro de dos almas, a lo que significaba el regreso a la Fuente, al ser, a nuestra esencia.

VII. Un tiro en la noche

La primera semana de abril, Antonio, a su regreso de un viaje de trabajo, llamó a Roberto para que le ayudara a retirar las protecciones energéticas que tiempo atrás habían colocado juntos para ayudar a resolver todos los problemas que tuvo con las situaciones de su familia y su mamá. Decidió que era el momento de retirarlas, aunque jamás pregunté por qué lo hizo, solo le pregunté si estaba seguro y me dijo que sí, que ya todo ese pasado quedó atrás y era hora de avanzar, ya no eran necesarios los objetos que gentilmente fungían de protección: piedras y estampitas de la virgen en nuestras puertas.

Entretanto, mi doctor nos puso fecha para la operación: abril 10 del 2014, al llegar el día, la operación duró más de lo que estaba previsto, fueron casi cuatro horas, estaba inconsciente por la anestesia. Estuvimos dos días en el hospital hasta que fui a la casa, el doctor me indicó que tenía que estar quince días de recuperación, que debían ser muy tranquilos, moverme lo menos posible. Me dije a mí misma, qué voy a hacer dos semanas en la cama, fue entonces cuando mi voz interna me dijo: practica salir en astral conscientemente, y eso hice por dos días seguidos, finalmente al tercer intento pude salir. Salí del cuerpo, pero al momento de salir sentí un fuerte dolor de cabeza, era como que aún no me desconectaba de mi cuerpo físico, sentía el dolor en ambos cuerpos, suele pasar. Me senté sobre mi cama junto a mi cuerpo dormido y me paré muy rápido, al caminar por la habitación la veía más amplia de lo que era. De pronto escuché que abrieron la puerta y era Antonio que había llegado a la casa, me dije: Creo que él se asustaría si entra y me ve inconsciente sin responder a sus llamados, mejor me regreso al cuerpo. Pero estaba contenta porque había podido nuevamente salir en astral. Una forma que aprendí a volver al

Un encuentro entre dos almas

cuerpo rápido es marcando la intención desde mi corazón y vuelvo enseguida, como en un parpadeo de ojos.

Esas dos semanas fueron bellas, Antonio estaba muy contento pues en su trabajo habían mejorado las cosas. Pidió días de permiso, canceló algunos compromisos para estar junto a mí, fue como una luna de miel, pasamos juntos casi todos los días de la recuperación. Finalmente llegó el día de mi alta y estaba mucho mejor, claro, cómo no estarlo con todos esos cuidados. Ese día Antonio no almorzó conmigo, fue a almorzar con un cliente y su jefe chino, con el que tuvo un grato momento. Me llamó luego de su encuentro para comentarme que todo había salido muy bien y que había sido satisfactorio el resultado de la reunión, se sentía recargado de alegría. Se despidió pidiéndome disculpas, a pesar de lo bien que le había ido lamentaba no haber llegado a tiempo para almorzar juntos.

Nosotros creábamos, en medio de nuestras responsabilidades laborales, un tiempo para ambos, superábamos ese programa robot que a veces nos impone la vida, vivimos espacios amenos luego del trabajo, rompíamos esquemas y nos comprometíamos a compartir, era nuestra forma de recargarnos las energías.

Llegó como a las 6:30 pm a contarme las noticias del día como siempre, particularmente se sentía un poco apenado porque el entrenador del Barcelona de España había muerto de cáncer, luego me comentó las buenas noticias de su trabajo y su cara cambió, se puso muy contento porque le había ido muy bien, su jefe había expresado que estaba muy contento con su desempeño luego de estar una semana trabajando juntos y sobre todo, ese día tocaba pesarse en el gimnasio, eso lo tenía más contento de lo normal porque el programa había resultado y estaba más cerca del peso ideal, para estar físicamente saludable. Quise pedirle que se quedara, pero al ver su cara de emoción porque le tocaba pesarse, me contuve para no

Un encuentro entre dos almas

dañarle sus planes. Salió para el gimnasio.

Me llamaron luego de 20 minutos que él había salido, se había desmayado, me pedían que me dirigiera con urgencia al gimnasio. No podía manejar mucho por la cirugía, me dolía, le pregunté a la chica si él estaba respirando. Ella me dijo que no sabía. Salí de inmediato, llegué en menos de tres minutos, la ambulancia no llegaba. Al entrar vi que Antonio estaba en el piso, tomé su mano, él me vio a los ojos y me dijo todo con un suspiro. Le dije:

—Amor todo va a estar bien.

En mi mente, solo pedía ayuda a Dios, a los arcángeles y al mismo tiempo no entendía por qué nos estaba pasando esto, nosotros habíamos llevado las cosas como debía ser, sentía que no tenía respuesta, no sentía ningún ser de luz junto a nosotros en ese momento.

Me hice a un lado, porque le estaban ayudando una persona que me dijo que le estaba dando un ACV (accidente cerebrovascular), salí a ver si la ambulancia llegaba, no sonaba nada, me angustié, entré y al volver, alguien me dijo:

—Ya no esperes, llévalo al hospital — eso hice.

Todos nos ayudaron a subirlo a la camioneta y llevarlo al hospital. Mientras íbamos en la camioneta tomé su mano, y ya no estaba, sentía que su espíritu había abandonado su cuerpo. Llamé a los amigos más cercanos, al llegar al hospital entré y pedí ayuda; ellos muy lentos, no actuaban, le quite la camilla al enfermero y la llevé afuera a toda carrera, al abrir la puerta vi que sus ojos ya no veían, él ya no estaba, entró a emergencia y el doctor salió y me aseguró que no regresaría, llegó sin signos vitales. Le dije, él es muy joven, solo tiene 35 años doctor usted tiene que traerlo de vuelta, y ahí fue cuando comencé a escuchar su voz, me decía, dile al doctor que me abra el pecho, yo no me quiero ir, no te quiero dejar.

Un encuentro entre dos almas

Me sorprendí, cómo podía estar pasando aquello, era demasiado. Le rogué a Dios que lo trajera de vuelta. Le pregunté a mi corazón qué estaba pasando, si él iba a volver, me respondió que ya era tarde. Volví con Antonio, le dije que no veía a nadie, aún no llega nadie, tranquilo esperemos que llegue algún ser y nos explique, si tú te vas yo me voy detrás de ti. Sentí que alguien llegó, estaba muy alterada porque él no podía entrar al cuerpo. Me repetía no me quiero ir, no me quiero ir. Solo le dije, —tranquilo debemos esperar que nos expliquen. De pronto, en medio de mi shock, de mi incomprensión y, al mismo tiempo, del miedo aterrador de lo que significaba estar sentada en un hospital tomando la mano del ser más importante de mi vida, y él sin poder darme una señal de que iba a volver, simplemente quería meterme dentro de él traerlo de vuelta, o irme de mi cuerpo para alcanzarlo, lo abrazaba y le tomé de la mano, le prometí que aunque no entendiera lo que Dios estaba haciendo, volveríamos a estar juntos y que me iría junto a él.

Sentí que unos seres de luz llegaron al cuarto que nos dejaron, le dije que se largaran, que no quería saber nada de ellos. Sentía alrededor una luz azul que me daba una sensación de tranquilidad falsa. Tenían que llevar el cuerpo a hacerle una autopsia para determinar la causa de la muerte. Llegó en ese momento el carro de medicina legal, y al salir todos nuestros amigos estaban afuera esperando darle el último adiós. Aldo llegó y me abrazó, le pregunté ¿Esto es un sueño? Dime la verdad ¿esto es real? Él me respondió si amor, y rompí en llanto, le pedí que se quedara conmigo, que necesitaba respuestas, y necesitaría ayuda. Una parte de mí solo quería estar sola, para poder escuchar y saber qué hacer, pero mis amigas no me querían dejar sola, ellas se quedaron esa noche conmigo, crearon un campo a mi alrededor con su amor, Antonio se encargó de avisarles en sueños o los seres cercanos que no habían recibido la noticia y de conversar con los que estaban junto a mí en esos momentos, a él lo único que le importaba es que yo no estuviera sola, que se quedaran junto a mí y eso hicieron. Como a las 1:30 am, luego de tomar varias pastillas de valeriana para dormir, abrí los ojos y ahí estaba Antonio. Su cuerpo astral llevaba un traje como de pescador y su mirada era de mucho dolor y seriedad, no quería pestañear para no dejar de verlo. Algo me dijo: duerme para que salgas en astral y converses con él, de pronto quedé profundamente dormida. Solo él podría calmarme. Fue una noche muy larga para todos.

Él fue a buscar a nuestra nana, nuestra empleada, con quien compartíamos nuestro día a día, la señora Laura, ella llegó al día siguiente. Aldo y mis amigas Cristina y Lorena, que estaban en el departamento me comentaron cómo Antonio los había llevado al cuarto de lavandería guiados por unos sonidos, Aldo que es muy sensible, escuchó varios sonidos y se dirigieron al cuarto de lavandería, al abrir el closet, de donde se escuchaban los sonidos, encontraron una hoja, era una receta media de la seño, donde estaba su número de celular y dedujeron que Antonio quería que la llamaran. La seño llegó luego de unas horas, me comentó que estaba soñando, en medio de su sueño Antonio se apareció y le dijo ¿Cómo está seño?, ella le respondió: bien don Antonio, este le pidió que se despertara, al mismo tiempo sintió el sonido del celular, eran Lorena y Cristina llamándola para avisarle lo acontecido.

Al levantarme las chichas me comentaron cómo Antonio se comunicó con ellas para que las personas importantes en nuestras vidas estuvieran junto a nosotros. Era un zombi solo con pocas cosas claras, en ese momento no importaba lo que sentía, sino que debía hacer lo correcto para que Antonio realizara su transición de la forma tranquila, luego lo que venga. Primero me levanté sabiendo que su cremación sería en 3 días. Fuimos a realizar el trámite, por cambios en la ley de nuestro país y por ser

Un encuentro entre dos almas

fin de semana, no nos estaban dando los permisos para realizarlo. Esperamos a la mamá de Antonio que llegaba de Estados Unidos para el velorio, lo realizamos el día domingo. Ese día fue muy largo, mucha gente fue, familiares y amigos estuvieron todo el tiempo para ayudar. Incluso en ese momento estuvieron algunos familiares para crear distorsión, no me importaba porque tenía claro lo que él quería. Una de las principales cosas que me pidió era que su mamá estuviera tranquila en el proceso de la velación. En el momento de la misa, él estaba junto a mí viendo todo lo que acontecía, me pedía que estuviera junto a su mamá, y que evitara dejarla sola lo menos posible. Cuando el padre estaba en la misa, sentí que una luz blanca apareció delante de mí, era como un camino largo que comenzamos a caminar ambos, al llegar a cierto punto, era como el marco de una puerta gigante, de luz blanca, allí nos detuvimos, él tomó mi mano, me vio a los ojos y nos abrazamos, luego siguió caminando hacia esa puerta hasta que su sombra se hacía una con ella. Transcurrió el sepelio y al final de la ceremonia nuestros amigos llevaron el féretro sobre sus hombros a la sala de cremación que quedaba junto a la sala de velación. Aún no teníamos el permiso para la cremación. Esa noche, mis amigos llegaron a casa para acompañarme. Aldo al despertar, me comentó que en la noche tuvo una sensación horrible, me dijo:

—Alejandra, sentía que algo quería entrar en tu casa, en tu cuerpo, en tu corazón y Antonio me despertó pidiendo que le ayudara a protegerte de aquello que quería entrar.

Aldo sentía que Antonio estaba tan inquieto con lo que me estaba pasando o lo que me iba a pasar, que le enviaba muchos mensajes. Recuerdo que hubo mensajes que nos pidió que escribiéramos y compartiéramos; a su mamá le envió un mensaje tan significativo que se sintió en paz.

Un encuentro entre dos almas

El día lunes 28 de abril fuimos a insistir directamente al ministerio encargado para que nos dieran la autorización. La conseguimos, fue efectivamente al tercer día que se realizó la cremación, sentía que debía calmar la tempestad de los seres que me querían y se preocupaban por mí, haciéndoles ver que estaba llevando las cosas bien; pero solo estaba ganando espacio, la oscuridad que estaba dentro mí no quería parar.

Entonces empezaría mi camino de separación de luz. Cuestioné todo lo que hasta ese momento había vivido y me pregunté ¿Cómo Dios puede permitir esto a dos seres que se aman profundamente? necesitaba respuestas. Mi cuerpo, producto del dolor emocional y la operación, afectó mucho mi condición física, se convirtió en un cuadro poco armonioso.

Necesitaba conseguir respuestas, pero al estar en vibración de dolor la luz poco puede llegar o al menos eso creía en ese momento. Pasé un par de semanas en cama sin poder reaccionar. La seño se mudó conmigo por unos días, recuerdo, lo único que pensaba era ¿Y ahora qué? ¿Qué debo aprender, qué debo hacer para desencarnar más rápido? ¿Cuál es mi lección, por qué co-creé esto, por qué escogí vivir esto, es karma? Al final todo es perfecto en el sueño del creador, entonces ¿Cómo debo asimilar esta experiencia? no lo entiendo. Un día, tomando un baño por primera vez sin ayuda, luego de la operación, recuerdo sentir el agua correr desde mi cabeza, lentamente y mi mente en blanco con sentimientos llenos de tristeza y dolor, eran emociones muy fuertes que me comprimían el pecho, el abdomen y sentía un fuerte dolor de cabeza, como pequeñas contracciones eléctricas y de pronto mi atención volvió a la tina, al ver que se llenó de sangre mientras el agua seguía corriendo, me recosté por un momento y pensé. Esta no es la vida que quiero, pedí perdón a Dios y disculpas a Antonio, y les dije:

—Lo siento, pero me voy, ya no quiero vivir... simplemente es demasiado para mí.

VIII. El poder de nuestra esencia

Recostada en la tina con la decisión tomada, pensaba cómo lo debía hacer, de tal forma que no me doliera físicamente, cuál era la mejor salida para ese momento. Ya mi conocimiento del karma en cuanto a lo que aquella decisión podía significar créanme, poco me importaba y en ese momento sucedió algo que se llevó mi atención drásticamente. La puerta de mi dormitorio se cerró con mucha fuerza, como que si alguien la hubiese tirado y sentí en ese momento a Antonio, mi mente lógica me decía debe ser la seño. Salí de la tina con mucho cuidado, estaba un poco mareada por el estrés emocional de mis deliberaciones, me sequé envolviéndome en una toalla. Salí a buscar a la seño y le pregunté si ella había cerrado la puerta, me dijo que no, que ella pensó que yo quería estar sola y había tirado la puerta para que nadie me interrumpiera. Así, mi sospecha se convertía en realidad, pero sentía ira, ¿Por qué has vuelto?, ¿Por qué te fuiste? Muchas emociones, sabía que sí había vuelto, era el único que me podía explicar y sobre todo al único ser a quien le creería, esto va en contra de mi sistema de creencias, porque sentía que nadie me podía ayudar, solo yo misma. Me di cuenta cuan arrogante era y la impotencia de no poder entender. ¿Qué estaba haciendo, no lo estaba dejando en paz?

Empecé a tratar de calmar mi mente y escuchar mi corazón para poder comunicarme, pero era muy difícil para mí. Mi corazón tenía mucho dolor y mi mente lógica se desconectaba de lo divino y lo único que me obsesionaba era buscar la forma de dejar mi cuerpo sin crear Karma, mi subconsciente había hecho una promesa de irse con él. ¿Qué hacer? ¿Cómo confiar en mí misma? necesitaba ayuda definitivamente, no creía posible

Un encuentro entre dos almas

que él podría volver después de cremar el cuerpo y pedir que su ser se elevara para que siguiera su camino.

Tenía la creencia que si el cuerpo se cremaba se elevaría más rápido, dejando atrás los rezagos del apego y la necesidad del ego ¿Estaba lista para esto, un adiós definitivo? de pronto mi alma, esa pequeña y brillante parte que está cerca de nuestro corazón y entiende todo. Solo nos conectamos con ella cuando renunciamos a nuestra lógica, lo que creemos que conocemos. La única respuesta que tenía dentro de mí era calma.

Los días venían y simplemente no era capaz de entender o sentir. Mis amigas se turnaban para acompañarme y no dejarme sola. Se preocupaban mucho por mí, pero mi oscuridad crecía, no podía aceptar, no era capaz. Todos los días solo quería irme. En alguna ocasión Diana me acompañó, recuerdo que esa noche estaba intranquila, sentía muchas sombras en mi cuarto, mientras me dormía entré a un estado de ensoñación, veía estas sombras en las afueras de la ventana, escuchaba como golpeaban para entrar, me decía en mi mente ¿Por qué no entran de una vez y me llevan, qué las detiene? Aquí estoy, vengan por mí, en algún momento veía y sentía cómo sacudían mi cama, la movían de un lado al otro, como una especie de sacudones fuertes que hacían que las patas de la cama rechinaran, luego escuché un sonido de algo que rompía el viento como el sonido del filo de una espada, de un solo golpe, y se enterró en el centro de mi cama, junto a mi cadera. Al verla en la dimensión astral parecía como una lanza gigante, oscura, pero muy fuerte, esta cayó en la mitad de la cama entre Diana y yo, ambas nos levantamos pues la cama se sacudió por segunda vez, me quedé callada, no le comenté nada a Diana, no quería que se asustara, sabía que a ella nada le iba a pasar y para ser honesta, lo que estaba pasando era algo que yo había pedido, lo había creado por mi decisión de renunciar a la vida, era renunciar a la luz, y sí, sentía que la luz me había fallado, que no se podía vivir tan solo un momento la felicidad, me la arrebató, solo quería que ese dolor parara. Mis entrañas se retorcían, me lastimaban, mi pecho sentía un hueco tan profundo, vacío, era como que ya no había nada ahí, simplemente ya no respiraba, mi mente ya no estaba en este lado, de hecho no estaba en ninguna parte.

Al siguiente día en la mañana preparé el desayuno, mientras Diana, muy concentrada revisaba su celular, me comentó:

—Alejandra, acabo de revisar y no ha habido temblores reportados, entonces por qué la cama se sacudió un par de veces muy fuerte. Le indiqué que no tenía que temer, que era el reflejo de mis miedos, aún no podía aceptar y me quería ir, la oscuridad se aprovecha de esto, pero que a ella no le iba a pasar nada. Comencé a sentir que quería estar más tiempo sola para que nadie saliera afectado, pues no siempre hay garantías. Comencé a pedirles que me llevaran, muy fuerte de la forma que fuera, les di permiso.

De pronto, estando en casa, comencé a escuchar a Antonio, pero no podía confiar ¿Era él o eran los seres oscuros? Le reclamé, hemos vivido en armonía, daría mi vida por ti, te buscaré en el infierno y cielo hasta encontrarte, pero no me pidas que me quede, es demasiado fuerte, mi cuerpo no lo resiste. Antonio me repetía, no estás entendiendo nada entonces, desde el fondo de mis sentimientos, con el dolor más profundo, le dije con mucha ira y firmeza: lo siento pero no puedo confiar en lo que escucho y veo, si eres realmente tú, que tres personas me repitan lo que me dices, así podre confiar porque no soy capaz de creer más en la luz.

Esa noche tuve un sueño muy intenso, donde veía como me cortaban y doblaban por la mitad, me levanté con mucho dolor de cabeza y de cuerpo, pensé qué estoy haciendo, por más que me hacen y deshacen no pueden acabar con mi vida, entonces lo debería hacer yo misma, y comencé a imaginar cómo hacerlo. Tenía acceso a cianuro era una forma rápida, solo debía pedirlo.

Al día siguiente recibí una llamada de Susana, amiga de la universidad de Antonio y mía. Luego de salir de la universidad dejamos de ser tan cercanas. Me contó que había tenido un sueño, Antonio le había pedido llamarme y decirme que no me quitara la vida, que no bebiera el veneno, que me hiciera saber que él me amaba y que recordara eso siempre. No lo podía creer, cómo era posible, le dije

— Susana estás segura de lo que me estás diciendo

—Si Alejandra, ¿Tú quieres quitarte la vida? — Le confesé que el día anterior lo había mentalizado. Ella me dijo:

—Se me pone la piel de gallina.

Estaba un poco intranquila, le pedí que no se preocupara y no comentara nada, me dijo que yo sabía que no debía hacerlo.

Desde mi corazón le pedí a Antonio "si realmente estás aquí, lo que digas debes decírselo a Roberto, Aldo y a la seño, si ellos me lo comentan sabré que es confiable". Para esto, la seño, nuestra querida empleada, que se convirtió en nuestra nana -éramos una familia- siempre le compartía mis relatos de lo desconocido, ella tenía miedo, me escuchaba, no me juzgaba, sabía dentro de ella que había algo, pero tenía miedo, estaba en contra por lo aprendido en la religión.

Cada día uno de ellos me llamaba para contarme que Antonio lo había visitado y me dejaba mensajes con ellos. Aldo por su parte, en un gesto de amor, aceptó mudarse conmigo por un tiempo y apoyarme gracias a sus habilidades para sentir, así podía ayudarme con la comunicación referente a todo lo que escuchaba. Mi mente lógica siempre ponía todo en duda. Aldo me comentó que Antonio me pedía que entendiera que una parte de él estaba conmigo, así mantendríamos la conexión.

Un encuentro entre dos almas

—Dile a Alejandra que recuerde como hablábamos con el corazón, muéstrale lo que ella siempre hacía.

Y así, Aldo se sentó frente a mí, con su delicada mano, muy cariñosamente, puso su mano izquierda sobre su corazón, y su otra mano derecha la extendió hacia mi pecho, hacia mi corazón, podía ver como contenía su aliento para no llorar, porque él sentía lo que Antonio le estaba trasmitiendo. Comencé a llorar porque no lo podía creer, esa forma de comunicarme era algo que solo lo hacía con él, era algo de mi intimidad, que la guardo solo cuando hablábamos de temas muy profundos y sobre todo cuando le pedía perdón y le decía, te lo digo desde mi corazón, sin ego, sin agenda, solo sintiendo que quiero lo mejor para ambos y lo hacía partiendo de mi corazón, usando el tacto de mis manos para que el sintiera mi energía de honestidad y amor, me rendía. Simplemente no lo podía creer ¿Realmente esto estaba pasando? Aldo me lo recordó, me partí en mil.

Practicaba junto a Aldo todas las noches poder salir en astral, quería ver a Antonio con mi propia consciencia, pero los intentos no funcionaban, intenté guiar a Aldo a ver si él lo lograba, pero tampoco funcionó. Decidimos hacer lo que sabíamos que iba a funcionar, nuestra conexión con el alma. Así empezamos a pedir respuestas y estas empezaron aparecer solas, los dos veíamos casi lo mismo. La comunicación con los seres de luz estaba empezando a fluir, pero eso no bastaba para mi corazón, Aldo me replicaba, no crees por el apego físico que tienes hacia lo lógico. A pesar de que siempre los seres de luz fueron sinceros contigo, tú no querías escucharlos.

Los seres de Luz comenzaron a tener una comunicación más fluida, con señales concretas. Recuerdo no tener cabeza para terminar los trámites de bancos, con insistencia me sugerían hacer transferencias entre nuestras cuentas, pero no recordaba sus claves. Así sin más, escuche que Antonio

Un encuentro entre dos almas

me decía:

—Revisa el correo —le pregunté a Aldo

—Escucha lo que Antonio dice cuando le pregunto de la claves.

—Que revises su correo, que sí tenía clave.

La verdad para mí era absurdo pensar esto de Antonio con temas de información de cuentas en el correo "jamás se respalda en correos", tenía un fuerte rechazo hacia eso. Mi lógica me decía eso no era posible, pero revisé. El día 9 de abril, un día antes de mi operación, el se envió un correo a sí mismo con toda su información bancaria, y así sin más todo se resolvió. A pesar de todo esto dudaba, mi oscuridad me hacía ver que la mejor salida era dejar este mundo.

Un día escuché a Antonio explicarme que debía ir a un lugar, pero no era claro.

—De qué hablas —dije, no me interesa moverme.

Ese mismo día, conversando con unos amigos, me recomendaron que asistiera al curso que había planeado en el año 2010, en California, en Mt. Shasta, era algo como el templo de los Dolphin Star Temple, Templo Esterlar Delfínico. Ya estando en casa, le consulté con mi mente

— ¿Antonio debo ir a allá? Escuché un sí rotundo, un

—Yo me encargaré de todo y no irás sola

Aldo estaba junto a mí, le dije

—Quiero que escuches lo que Antonio está diciendo ¿escuchas lo que dice?

—Sí, él te está diciendo que vas a ir y no irás sola —respondí

—Sí claro, él va conmigo en espíritu ¡obvio! —muy sarcásticamente.

—Bueno, veamos las fechas y todo, pero mi mente ya estaba poniendo escusas con su lógica, como era de esperarse en ese momento, sentí una energía que me llamó la atención, estaba en una de las esquinas de la casa, al verla era un pilar de luz como los que había visto antes, de allí salió un ser de apariencia femenina, pero muy alta, se encogía dentro del espacio, pues su cabeza atravesaba el techo, me dije a mi misma —Ahora sí que te volaste. Le pregunté a Aldo si acaso sentía alguna señal por esa esquina de la casa. Él se quedó con sus ojos cerrados en estado de introspección, respiró y me indicó haber visto a una mujer muy alta, decía que estaba allí. Le pedí que indagara qué hacía allí, mientras sentía que se acercaba; yo la conjuraba, preguntándole si acaso era de luz y ella brillaba más. Aldo me indicó que ella decía ser de la ciudad de luz adonde pronto iría.

—Alejandra, tú sabías que hay una ciudad de luz en Mt Shasta, ella está aquí para asegurarse que estás preparada. Al responder afirmativamente, la mujer se me acercó y sentí que ponía sus manos y leía algo en mi cabeza. Este ser gigante me dijo:

—Si estás lista eres bienvenida, en este momento estamos pasando de cuarta a quinta dimensión, es un momento muy especial-

Aldo me indicó cuando la mujer había terminado, también me dijo que su ciudad estaba pasando de cuarta a quinta dimensión, y que podía ir cuando lo deseara. Agradecí por su atención y me presté a continuar con el plan de viaje.

Busqué en internet, estaba bien con el tiempo, les envié a la escuela un correo para saber si las fechas estaban confirmadas y cuáles eran las formas de pago. Me respondieron de inmediato, pidiendo llenar un formulario con mi información general, se los envié y me respondieron con la información de la agenda y el pago. A los dos días me llamaron del trabajo de Antonio para decirme que le habían emitido un bono a Antonio en agradecimiento por su buena labor y debía pasar a recogerlo en horas de oficina. Me quedé, un poco como atónita y le dije:

—Ay Antonio que sorpresas me tienes, no tengo ninguna excusa para no ir.

Envié el pago por paypal, les pedí que me ayudaran con los lugares donde podía quedarme y estar cerca para no incurrir en costos muy altos. Me enviaron un listado con la información que necesitaba saber al respecto, y comencé a contactar los lugares para ver las opciones y los costos. De pronto, me llegó otro correo: *Algo increíble ha sucedido, va a venir otro estudiante de Ecuador, de Quito, al mismo curso que vas a realizar, puedes ponerte en contacto y compartir gastos de transportación con él, de pronto lo conoces, se llama Diego H. Estos son los teléfonos de contacto y correo, le hemos indicado que tú te pondrás en contacto.*

Lo leía y no lo podía creer, entonces es verdad, no iré sola, podría compartir y hablar el mismo idioma, pero de pronto él tendría mucho más en común conmigo de lo que esperaba. Al contactar a Diego por correo, no fue muy amigable y quedamos en conocernos al llegar.

Pasaron tres semanas y emprendí el viaje a Mr Shasta. Al llegar noté lo bello de sus paisajes, bosques, clima y gente, todos con una vida simple y dedicada al mundo espiritual. El lugar donde me hospedaba era muy cálido, con vista directa al monte Shasta. Todas las mañanas me despertaba observándolo, el día terminaba muy tarde como a las 8 pm y se aprovechaban al máximo las horas con la luz del sol. Mi viaje destinado a la cura de la pena y el dolor había empezado, pero aún las piezas solo las veía parcialmente.

Recuerdo el primer día en la clase de FSP I (Full Sensory Perception), nos presentamos, casi todas mis compañeras eran japonesas, de Trinidad / Tobago y de Ecuador. Agradecía el tener la oportunidad de aprender de todos aquellos seres con habilidades únicas, de servicio, sanación y mucha dedicación por el bien de otros. Conocí personas que veían en la medicina

Un encuentro entre dos almas

espiritual no solo una profesión, sino un estilo de vida con propósito de servir a todo aquel que lo necesitaba. Muy inspirador me resultaba todo aquello. Lo que se sentía y observaba, era más increíble. De pronto comenzamos a aprender las técnicas para alinear, balancear e integrar. Las clases eran diarias, de 8 a.m. a 4 p.m. Hasta medio día meditación, introducción y técnicas y luego del almuerzo, nos preparábamos para tener una tarde llena de prácticas en pareja.

La primera clase era una bienvenida, nos guiaron en una meditación para ir astral o mentalmente al Mr. Shata. Nos guiaron a la ciudad de luz en la cuarta dimensión. Keiko, nuestra profesora, nos indicó que visitaríamos la ciudad que esta sobre Mt Shasta y en esta fecha estaba en una transición. Dentro de mí repliqué, si está pasando de cuarta a quinta dimensión, ella nos lo confirmó, esto ya lo había escuchado y les comenté lo que había sucedido cuando estaba preparando mi viaje. Pronto todo el grupo se encontraba ya en preparación para salir de sus cuerpos, a través de la respiración y meditación guiada. Nos inducía a estar más cómodos, más profundos y en paz, dando paso para algunos desdoblamientos, para otros, salida con cuerpo mental o proyección y se nos asignó un guía de la ciudad de luz para que nos enseñara la entrada a la misma. Se preguntarán ¿Qué es un viaje de este tipo, es meditación o imaginación? Bueno, la diferencia es que activas en tu cuerpo la mente consciente, en cuyo caso usas tu cuerpo mental o lo que llamas imaginación, es más, tu sentidos de clarividencia o usas tu cuerpo astral para abandonar el cuerpo físico y es tu conciencia quien viaja junto al cuerpo energético astral que lleva tu conciencia. En mi caso, por las razones que has leído, viajar en cuerpo astral ya me era muy difícil, porque mi subconsciente conspiró para no seguir viviendo. Una forma era salir en astral y desconectarme de mi cuerpo físico, a lo que los guías, Dios, el universo o como se quiera llamar -para mí en ese momento, era el innombrable, porque no existía una palabra que contuviera su totalidad- me habían restringido, pues debía limpiar mi sub-consciente de ese pacto que había hecho conmigo misma, antes de volver a acceder a esos espacios de la realidad con mi cuerpo astral y bueno me quedaba el cuerpo mental, que es más una proyección de mi consciencia y así fue cuando estaba lista para salir, se me asignó el guía o guardián de la ciudad de luz que me tenía que llevar y enseñarme la entrada.

De pronto era ella, la mujer que me visitó en mi departamento antes del viaje, como había dicho, era particularmente muy alta, me comentó que ella pertenecía a esa ciudad, eso me hizo sentir un poco más tranquila porque además al mismo tiempo veía cómo cada pieza encajaba, pero sentía que aún no era capaz de ver todo el plan maestro que me había trazado o que nos trazamos.

Me sentí feliz junto a ella dirigiéndome hacia la ciudad, me transmitía un sentimiento de responsabilidad y seriedad por lo que estaba haciendo, en ese momento, de entender que estaba realizando algo más relevante, era como extraño para mí.

Al llegar a la montaña, rápidamente me dirigí en una especie de pilar de cristal que era muy grande, allí pedí permiso para entrar y rápidamente atravesamos el amplio pilar e ingresamos a la ciudad.

El lugar era un espacio de cristal, el piso de piedra, rodeado por una pared en forma de círculo formado también por piedras macizas que brillaban. El panorama era asombroso, la ciudad estaba detrás. Veía castillos de cristal, formas puntiagudas y bases octagonales. Muy vistosa a la distancia, había una especie de río, pero era de luz pura que atravesaba toda la ciudad, árboles con frutos muy brillantes. Mi mente estaba tratando de almacenar todo, habían tantos detalles a la vista, colores intensos, una especie de grama verde con púrpura que se movía suavemente, pero no sentía viento. Al caminar por ella sentía como acuciaba mi piel, pequeños pétalos se adherían a mí, como saludando y al mismo tiempo jugando conmigo, era una consciencia de armonía que rodeaba todo el lugar, sentía que flotaba y me deslizaba, no para moverme... sino para sentir esa fraternidad que al mismo tiempo me llevaba a donde tenía que ir, así, más o menos como la vida.

Seguimos caminando, a cada uno se nos llevó a conocer diferentes espacios de la ciudad. A mí me llevaron a las cámaras y a la biblioteca. Las cámaras eran como pedestales suspendidos, con una base triangular que subía en espiral, como color de roca al recostarse, se sentía una suavidad especial y el cuerpo automáticamente quedaba en estado de relajación y suspendido. De inmediato se cerraba una compuerta transparente para sellar la cámara y empezar el proceso acordado. Otros seres que estaban presentes, comenzaron a trabajar en diferentes aspectos de mi cuerpo energético para alinearlo y energizarlo. Se sentía una gran cantidad de energía que en ciertos instantes era muy intensa y sentía que me iba a despertar, trataba de conectarme y relajarme para vivir la experiencia lo más vívida posible.

En las primeras clases comencé a entender cómo el cuerpo, corazón y mente se confabulaban y se comunicaban; es impresionante como el dolor se almacena en las células y el corazón, la mente solo lo mueve de un lugar a otro, y el corazón trata de transformarlo, pero al no conocer herramientas, se llena de energía densa y lastima el alma, la fragmenta, por eso el vacío se hace más intenso, cada fisura nos da la sensación de angustia y que se nos escapa la vida.

Así me sentía. Lo primero que entendí en este camino fue: "¡Solo el amor incondicional lo transforma todo!" que mi entendimiento era limitado, y esta era la razón de aquel camino y el de muchos.

Un encuentro entre dos almas

No quería que nadie supiera mi situación, el momento que estaba pasando. No quería sentir la energía de pena o pobre de ella. Con el tiempo aprendí a no molestarme al sentir ese sentimiento de los demás, es su forma de responder a algo que no pueden asimilar y trasmiten su sentimiento del horror que ellos sienten si lo vivieran o simplemente el rechazo a lo incomprensible. Realmente esa energía se transmite y no es buena, crea una retroalimentación que a la persona le reafirma que su estado de depresión es el correcto y es un círculo vicioso, que no para, al menos que entiendas su juego o núcleo en ti y decidas pararlo.

Personas excepcionales nos juntamos, todas estábamos aprendiendo de igual forma, expandiendo los conocimientos, compartiendo la sanación de nuestras almas, íbamos tras la fuente de luz. Fue interesante cómo personas desde distintos puntos de nuestro planeta nos juntamos a experimentar y avanzar juntos, como un pacto de almas. Sí, puedes apoyarte con tus almas amigas... ¿Por qué no? estaba por entender que así era, venimos acompañados y es parte de nuestras sabias decisiones y lecciones.

Día a día, lección a lección, fui descubriéndome. Aprendí y acepté que todo lo que vivo lo escogí, no al azar sino con un propósito, el compartirlo con ustedes me llena a un nivel celular de total éxtasis, así crecemos, compartiendo. Ese encuentro de dos almas tenía un propósito estaba de vuelta a casa, a mi ser, a mi esencia.

Recuerdo un día en la práctica al exterior, donde nos dedicamos a limpiar nuestros otros cuerpos: físico, emocional, entérico, mental, espiritual y astral. Fue tan intenso, tenía tanta energía densa en mi cuerpo emocional, que de no tener acceso a estos procesos podría caer fácilmente en una enfermedad física, lo que más me sorprendió fue la información que tenía mi cuerpo espiritual, energía de oscuridad, fui parte de seres que su experiencia era experimentar con otras razas, descubrí como fui y en algunos planos era uno de sus instrumentos, ellos no me dejaban renunciar y eran tan fuertes esos contratos que mi cuerpo sentía angustia por las consecuencias, porque sí, hay consecuencias, pero no estaba sola. Acepté que estaba protegida y aprendí a protegerme, solo quiero recalcar que hay procesos muy profundos que no se deben tomar a la ligera y no importa cuánto crees que estás listo, lo más probable es que no lo estés y tengas recaídas, simplemente te levantas y sigues cuantas veces sea necesario porque a eso viniste, a ser la mejor versión de ti.

IX. El eterno presente

Desde muy pequeña la vida me estaba preparando para escaparme del tiempo cronos. En mi experimentación, solía de niña dormirme y sentía un cosquilleo en el abdomen, era como una corriente, simplemente abría los ojos, era como despertarme dentro de un sueño y al voltearme veía mi cuerpo físico fuera de mí. No sé si también la vida me estaba preparando para cuando sintiera un dolor profundo que mi cuerpo no fuese capaz de soportar, pudiera viajar a otra ciudad a encontrarme sin tanto dolor y a encontrarlo a él. Muchas veces de pequeña me dije que no teníamos que llorar ante la muerte porque todos seguíamos allí en el cuerpo astral.

Mi mamá me advirtió que aunque eso fuese cierto tenía que cuidar de no ahogarme en el río porque ella no me iba a volver a abrazar. Pero mi mente estaba afuera, muy lúcida y clara de todo lo que veía. En ocasiones recuerdo estar soñando, de pronto en el sueño veía un árbol, me agarraba de sus ramas y escalaba hacia arriba, como que me estiraba, me despertaba y estaba fuera del cuerpo. En otras ocasiones, recuerdo estar soñando y decirme en el sueño: esto es un sueño, abría los ojos y estaba flotando sobre mi cuerpo.

En general, viví muchas veces viajes astrales como un estado de concentración y consciencia que se alcanza al permitirnos explorar otras realidades, con intención. Es muy seguro, tu cuerpo está conectado con un cordón color plateado transparente, que casi no lo notas, pero si lo tocas ves como esta interconectado y sientes un hormigueo leve en la parte superior del ombligo y la verdad, jamás te preocupas por él, solo se desconecta cuando mueres.

Creo que la realidad astral es la cuarta dimensión baja, quiero decir con esto, que de acuerdo a la vibración se puede acceder a dimensiones de más alta frecuencia, siendo un ser que trabaja mucho en su desarrollo interno, el cuerpo astral es el reflejo de nuestro cuidado y armonía de nuestro campos energéticos, conocidos como chacras, estos tienen una especie de anillos, cuatro en total, tienen lado frontal el consciente y lado posterior que es el sub consciente, estos cuatro anillos representan nuestros cuerpo: físico (A), emocional (B), mental (C), espiritual (D), si están funcionando bien giran al sentido de las manillas del reloj y los posteriores giran en sentido contrario, cuando no funcionan bien a veces ni giran o están rotos.

Cuando se está más alineado y hay alta frecuencia, el cuerpo astral que se ordena con estos centros se fortalece. También se puede reconstruir. El cuerpo astral es un vehículo para viajar en dimensiones, pero de acuerdo a la frecuencia de tu cuerpo puedes acceder a cuarta baja y alta, puedo decir, que en la baja se siente en oscuridad, pero mientras más cerca de la quinta dimensión, la ilusión de la dualidad desparece y ya ni siquiera lo consideras. Para llegar a la quinta dimensión, necesitas integrar el cuerpo espiritual, se trata de vibraciones de más alta frecuencia.

En términos de consciencia, siento que mi consciencia total viajaba conmigo y en mi cuerpo físico quedaba funcionando en estado de sueño profundo. Si alguien me despertaba o había un sonido muy fuerte, me regresaba abruptamente.

En la dimensión astral o cuarta dimensión, mi casa se veía parecida como era en la tercera, había cosas diferentes como en los pilares, figuras verticales que se veían más alargadas, los espacios a veces eran más grandes o más cortos, era como que los objetos no tenían otras propiedades, los árboles, se veían con luz en el centro, lo que algunos llaman elementales. El viento se veía como pequeñas chispitas de energía que inhalabas, realmente, creo que no respiraba, era un sentir de estar. Veía otros seres en los árboles, tierra y en los bosques unas pequeñas esferas, jamás me acerqué, solo salía hasta el follaje de los árboles, a la casa de mis tíos y de ahí me disparaba al espacio. Si sentía miedo, era muy fácil, deseaba de corazón volver al cuerpo y me despertaba, creo que era protegida de niña, a veces solo veía a otras personas flotando, pero seguían dormidas.

El tiempo es una medida que condiciona nuestra existencia durante el transcurso de las experiencias que escogemos vivir. ¿Qué pasaría si descubres que la única unidad que existe no está dada en variable tiempo? ¿Qué sucedería si durante el transitar de esta realidad se te revela que la única unidad verdadera y absoluta es el amor?

Mi compañero de vidas, me llevó a vivir lo que descubrí desde muy chica, me encontré con él desde otra dimensión, me ha mostrado que él sigue allí, me ha enviado mensajes, me llevó a conocer otros viajes y otros cuerpos. Con el tiempo se ha derretido como los relojes de Dalí, la eternidad se hace presente y ha sido el mejor maestro para enseñarme a alinear, balancear e integrar. Estas experiencias me llevaron de vuelta a mi esencia, eso lo agradeceré eternamente.

X. Un poema del amor a la Eternidad

Viendo el mar, en su infinidad, te siento.

Al verme al espejo, tu sonrisa esta dibujada en mi rostro.

Al ver a un niño con los ojos saltones y grandes te veo a ti.

Al ver, como un joven ayuda a un abuelito a cruzar la calle, sin siquiera conocerlo, tú estás ahí.

Al sentir, me doy cuenta de que siempre estás en mí y te veo en todas las acciones de bondad y amor a otros.

La realidad es que eres el ser que me dijo alguna vez, desde la primera vez que te vi me enamoré de ti, solo el verte supe que ya te quería, viste en mí, a ti mismo y yo te veo en todos.

¿Experimentamos los aprendizajes, más bellos e intensos, el amor que sentíamos nos ayudó a superar los momentos más difíciles, cómo no amarte? ¡Sí, vives en mí!

Aunque, no nos necesitábamos pues aprendimos a ser independientes e imperfectamente perfectos, al punto que no podía terminar un día sin tocarnos, el sentir de nuestras manos sobre nuestros cuerpos, en una carrera por recorrerlos completamente, nuestra piel rosándose, sin poder respirar, tratando de que cada rose pueda crear un latido en nuestro corazón, simplemente sintiendo cómo de a poco estábamos uno dentro del otro. Quedarse sin aliento era parte del juego que más profundamente se acercaba al éxtasis de nuestras almas; cuando nos veíamos a los ojos, nos conectábamos a través del cristal de ellos, que son el reflejo de nuestra esencia, y ahí, solo ahí, en ese instante donde las almas se reconocían, no existía el tiempo, ni el espacio, ni energía, en ese instante sentíamos la eternidad, y al volver a este lado y volver a abrir los ojos, yo solo veía las chispas de tu de felicidad. .

Un encuentro entre dos almas

A veces me pierdo en el tiempo y cuando pasa algo maravilloso, como manifestar servir a otros aunque ellos no lo sepan, quiero llamarte y contarte, pero recuerdo que ya no estás, sin embargo, siento que me escuchas siempre.

Soy feliz porque no tengo nada que reprocharles a nuestras almas, vivimos cada día de nuestras vidas siendo amantes y los mejores amigos a la vez. No había día en que me levantara, sin verte junto a mí, solo podía dar las gracias a Dios porque nuestra vida era completa, ya no había nada que pudiera pedir, lo tenía todo.

Siento que me has dado los regalos más bellos de la vida: me llevaste a ser mejor, a verme con tus ojos de amor, me desnudabas desde adentro y solo quedaba mi esencia, mi verdadero Ser, aprendí a amarme y a sentir la verdadera belleza en mí y siento que lo mismo reflejé en ti.

Te graduaste muy rápido, le dije a Dios, creo que te hacía falta un mejor amigo y lo viste a él, sabías que nuestro amor era verdadero y esa prueba la podíamos llevar, pues la muerte no iba a ser un obstáculo para nosotros. Aún tengo mucho que aprender de ti, en mi pensamiento siempre me digo con una sonrisa:

—Qué más tenemos que aprender aquí Antonio.

Aunque reconozco hay días en que me molesto porque no quiero comprender el sentido de tener que volver a reinventarse.

Fuiste el cómplice de mi alma, co-crearon un plan maestro que aún en estos días me sigue sorprendiendo con su magia, sentir la belleza y el amor en mi vida, es el mejor regalo que me has dado.

—Te amo y te amaré siempre, con libertad y compasión, nos volveremos a ver en el camino, la eternidad nos acompaña. La fuente encontró nuestras almas.

Sobre la Autora.

Nace en la mitad del mundo, en el centro de la minería ecuatoriana, sus amistades y familiares marcaron su conexión con planos espirituales preparatorios para lo que estaba por venir. Ha vivenciado transformaciones aleccionadoras, familiares, sociales, profesionales y personales; todas han dejado ver la grandeza de su ser, en su camino por integrar su alma, su esencia en su vida. Experimentando en sus vivencias un desarrollo integral entre: cuerpo, mente, emoción, espíritu y con un asombroso equilibrio vibracional. En su Carrera profesional ha sido siempre destacada trabajando en las Top 10 mundiales del área tecnología y consumo electrónico, con una reconocida experiencia en Ventas, marketing y Administracion. Su historia va más allá de su reconocida trayectoria laboral de más de 20 años de experiencia, siendo capaz de alinear este mundo negocios y profesional a su amplia formación espiritual y profesional tejida a sus convicciones humanas y ecológicas. Entre sus experiencias, comparte en este libro, una transformadora, vestida de sufrimiento que logra convertirla en una fuerza vital, que leerás muy intensamente en este libro que la ha cristalizado en una fuente de luz que conmoverá al lector